밤호수의 에세이 클럽

지은이 임수진

20대의 짧은 시간을 국어 교사로 지내다 미국에 왔다. 작가로, 블로거로, 에세이 강사로 활동하고 있으며, '밤호수'라는 닉네임으로 '밤호수의 에세이 클럽'을 4년째 이어 오고 있다. 『안녕, 나의 한옥집』, 『오토바이 타는 여자』, 『촌놈』(공저)을 썼다.

블로그 blog.naver.com/moonlake523

밤호수의 에세이 클럽 —진짜 내 이야기로 에세이 쓰기

초판1쇄 펴냄 2025년 01월 24일

지은이 임수진(밤호수)
펴낸이 유재건
펴낸곳 엑스북스
주소 서울시 서대문구 이화여대2길 10, 1층
대표전화 02-334-1412 | **팩스** 02-334-1413
원고투고 및 문의 editor@greenbee.co.kr

편집 이진희, 구세주, 민승환, 성채현 | **디자인** 이은솔, 박예은
독자사업 류경희 | **경영관리** 이선희

엑스북스(xbooks)는 (주)그린비출판사의 책읽기·글쓰기 전문 임프린트입니다.
저작권법에 의해 한국 내에서 보호를 받는 저작물이므로 무단전재와 복제를 금합니다.
책값은 뒤표지에 있습니다. 잘못 만들어진 책은 구입처에서 바꿔 드립니다.
ISBN 979-11-90216-52-4 03800

독자의 학문사변행學問思辨行을 돕는 든든한 가이드 _(주)그린비출판사

밤호수의 에세이 클럽

임수진 지음

진짜 내 이야기로 에세이 쓰기

xbooks

일러두기

'에세이'와 '수필' 용어 사용에 대하여: 엄밀하게 말하면 '에세이'와 '수필'은 다른 용어다. 에세이는 수필의 하위 장르로 본다. 또한 수필이 개인적인 경험이나 생각을 주로 다룬다면 에세이는 이보다 좀 더 사실 관계나 논리가 들어간 글로 구분하기도 한다. 이 책에서는 에세이를 '문학적 에세이'로 상정하여, 수필과 에세이를 같은 범주에 넣고 서술했다.

어쩌면 내 인생은 에세이

에세이라는 글이 참 좋다. 읽는 것도 좋고 쓰는 것
도 좋다. 에세이는 글을 읽고 쓰는 자들에게 축복과
도 같은 글이다. 애정하는 작가의 에세이를 읽게 되
면 신이 난다. 몹시도 궁금한 작가의 일상에 함께
들어갈 수 있고, 그들의 작품에서는 느낄 수 없었던
또 다른 면모를 볼 수 있으니 얼마나 즐거운지 모른
다. 그렇다고 여기에서 좋아하는 작가나 에세이에
대해 이야기해 보라고 하지는 말아 주길. 아마 쓰
던 글은 내팽개치고 내내 내가 아끼는 작가들의 에
세이, 요즘 읽고 있는 박지원의 『열하일기』, 영원한

고전인 피천득의 『수필』, 수필계의 클래식 김용준의 『근원수필』, 이태준의 『무서록』에 이어, 잠깐 외국 작가로 가면 조지 오웰의 에세이에 버지니아 울프의 글들, 다시 돌아와 최근에 재출간된 박완서 작가의 에세이집에 이르도록 밤새 작품 얘기만 하다 끝날지도, 글 하나하나마다 왜 좋은지 이야기를 하느라 이 글은 까맣게 잊어버릴지도 모른다. 그러니까 그냥 그들의 글을 '읽는 게 즐겁다' 정도로만 해 두어야겠다.

에세이는 쓰는 자에게도 축복이다. 글을 쓸 재료가 '나 자신'이니 얼마나 좋은가? 달리 자료 조사를 하지 않아도 내 안에 있는 재료를 맘껏 꺼내다가 쓰면 되니 이 얼마나 고마운 글인지. 소설을 쓰려면 자료 조사만 해도 한참이 걸리고, 상상을 하는 것도, 구성을 짜는 것도 보통 고된 일이 아니다. 즐겁지만 고단한 작업이다. 하지만 에세이는 마음만 먹으면 언제든 쓸 수 있다. 모든 소재의 시작과 끝이 내 안에 있다. 도서관 하나를, 아카이브 하나를 통째로 들고 다니는 셈이다. '쓸 게 없다'고 투덜대는 자일지라도 자기 안에 가득 찬 세계 하나를 다만 인식하지 못하고 있을 뿐이다. 말 그대로 접근하기 쉬운 글, 그리고 '나'와 가장 친한 글이 바로 에세이다.

우리는 누구나 자신의 이야기를 하고 싶어 한다. 친구들과 만나 수다 떠는 시간을 즐긴다. 자기 이야기를 늘어놓기보다 주로 듣기를 좋아하는 사람이라 할지라도 사실은 자신의 이야기를 꺼내고 싶어 한다. 어쩌면 남의 이야기에 리액션이 좋은 이들이야말로 오히려 공감을 원하는 이들인지도 모른다. 진실한 공감의 힘을 알고 있기 때문이다. 내가 그들에게 공감하듯이, 누군가도 나의 이야기를 듣고 깊이 공감해 주기를 바랄 것이다. 글도 마찬가지다. 대부분의 사람들은 자신의 이야기를 하고 싶어 하며, 꺼내는 데 그치지 않고 기록하고 싶어 한다. 그것은 본능이고 자연스러운 일이다. 그래서 사는 동안 글한번 안 써 본 이들도 나이가 들면 자서전이나 회고록을 쓰려 하는 경우가 많다. 그 책이 자손 대대로

읽히는 명저가 되기를 바라는 것은 아닐지라도, 내 이야기가 텍스트가 되고 지인들에게 가닿는다는 것 자체에 이미 특별한 의미가 있기 때문이다. 모든 이야기는 기록하는 순간 의미가 생기고, 기록되는 순간 영원성을 지닌다. '역사'가 된다.

책을 쓰고, 에세이 강사로 활동하고, 다른 이들의 글을 첨삭하고, 블로거로서 이웃들과 소통하고, 지인들의 이야기를 들으며 그들이 얼마나 글을 쓰고 싶어 하는지, 자기의 이야기를 꺼내고 싶어 하는지를 느낀다. "굳이 내 얘기를 하고 싶은 건 아니에요. 단지 글을 쓰고 싶을 뿐이에요"라고 말하는 사람일지라도 이미 느껴진다. 그들이 얼마나 자신의 이야기를 꺼내고 싶어 하는지. 반면 "나는 그냥 내 얘기를 쓰고 싶어요. 딱히 대단한 글을 쓰고 싶은 건 아니에요"라고 말하는 이에게도 느껴진다. 그들이 사실은 얼마나 좋은 글을 쓰고 싶어 하는지.

지난 여름 마포 도서관에서 만난 한 여성은 내게 말했다. "제겐 특별한 게 없어요. 재밌는 에세이를

프롤로그 어쩌면 내 인생은 에세이

쓰는 사람들의 인생을 들여다보면 온통 특별한 일들만 일어나는 것 같던데, 제 인생은 너무 평범했어요." 그러나 그녀도 알고 있을 것이다. 그 누구의 인생도 평범하지 않으며, 그토록 평범해 보이는 자신의 인생 속에 아주 특별한 이야기들이 숨어 있다는 걸. 당신의 삶 자체가 이미 자신만이 가진 고유하고도 유일한 콘텐츠라는 걸. 극적이지 않은 인생이 있을진 몰라도 평범한 인생은 없다. 위대한 작가들 중에서도 사실 극적이지 않은 인생을 산 사람이 더 많다. 그들은 상상 속에서 소설을 쓰고, 자신의 인생에서 소소한 특별함과 의미를 찾아내 에세이를 쓴다. 관점을 조금만 바꾸고 인생을 들여다보면 평범함 속에 평범하지 않은, 기적 같은 이야기가 줄줄이 나올 것이다. 체코의 작가 카렐 차페크의 소설 『평범한 인생』에서는 마치 '내 인생은 평범해요'라고 말하는 이들을 비웃기라도 하듯, 평범함 속에 담겨 있는 어마어마한 인생의 진실을 끄집어낸다. 어떤 시각을 가지고 어떻게 들여다보느냐에 따라 우리 인생에서 어떤 글감을 꺼낼 수 있을지가 결정된다. 대단한 관점도 방법도 필요 없다. 그저 '풀꽃'처럼 '자세히 그리고 오래' 들여다보면 충분하다. 에세이는 거창한 스토리가 아니라, 사소한 진실의 조합이다. 우리 모두의 인생은 이미 하나의 에세이가 될 준비를 마쳤고, 지금 이 순간에도 하나의 에세이가 되어 가고 있다.

지난 삼 년간 나의 이름을 걸고 에세이 클럽을 진행하면서 나에겐 많은 변화가 생겼다. 사람의 힘, 글의 힘을 순간순간 느꼈고, 마음속에 글을 품고 있는 사람들이 '일상의 사소함'을 글로 옮겨 가는 과정을 지켜보며 날마다 '평범한 기적'을 경험하는 듯했다. 내가 지금 이 글을 쓰고 있는 이유도 아주 사소하다. 엄청난 걸 가르쳐 주고 싶어서도 아니고, 에세이에 대한 대단한 이야기를 하고 싶어서도 아니다. 결국 내 안에 있는 걸 꺼내고 싶기 때문이다. 내 삶의 에세이에 대해, 에세이라는 글에 대해 독자들과 공유하고 싶기 때문이다.

그래서 나는 '에세이'라는 내 인생의 키워드 하나를 꺼낸다. 어린 시절부터 에세이를 써 왔고, 학생들을 가르치고, 혼자서 수많은 에세이를 읽고 영향을 받으며 주야장천 풀어 온 에세이들로 책도 내고, 또 이젠 아예 대놓고 에세이 쓰는 법에 대한 책도 쓰고 있으니, 내 인생도 어쩌면 에세이가 이끌어 온 하나의 에세이인지도 모르겠다.

차례

1부

에세이라는 글쓰기

1장

왜 에세이를 쓰나?
일기를 쓰면 되지

글을 쓰려는 욕구는 지성이 아니라 본능이다. 먹고 입고 자는 것처럼. 다만 더 높은 단계의 본능이다. 일단 글을 알면 그 순간부터 머릿속의 생각들이 글로 형상화된다. "난 진짜 글 안 쓰거든!"이라고 당당하게 말하는 사람도 눈앞에 펜과 메모장이 있으면 무언가를 끄적인다. 머릿속에, 가슴속에 있는 것들이 단어로든 문장으로든 저절로 펜을 통해 흘러나온다. 평소엔 글을 쓰지 않는 사람이라도 좋은 글을 읽다 보면 메모를 하고 싶어진다. 말로 또 글로 표현하고자 하는 것. 그것은 인간의 자연스러운 욕구이기 때문이다. 이 지점에서 "그럼 그렇게 끄적이면 되지. 일기에 쓰면 되지. 왜, 굳이, 뭐하러 에세이를 쓸까?"라는 질문이 생긴다.

왜? 대체 왜 글을 써? 그것도 '에세이'를? 혼자서 일기를 쓰는 것도 아니고 소설처럼 상상해서 이야기를 만들어 내는 것도 아니고 역사를 기록하는 것도 아니고 왜 에세이를? 자기 이야기나 생각은 혼자 간직하면 되지 굳이 남에게 읽어 달라고 써야 하나? 나는 왜 에세이를 쓰는가? 남들은 왜 에세이를 쓰나? 하는 질문. 그것은 에세이를 쓰고 있는 사람이라면 누구나 해 본 고민일 것이다. 쓰고 있으면서도 스스로에게 계속해서 하는 질문들. 이런 고민을 하지 않으며 글을 쓴다면 그게 더 이상한 일이다.

에세이 클럽을 하면서 다양한 이들을 만났다. 그동안 관찰한 바에 따르면 수강생들은 보통 두 부류로 나뉘었다. 일단 글을 쓰겠다고 왔으니 목표를 정하고 열심히 글을 쓰며 달려가는 부류와, '왜 에세이를 쓰는가'라는 원초적인 고민에 끊임없이 집착

1부　에세이라는 글쓰기

하는 부류였다. 물론 에세이를 쓰고 싶으니까 수업도 듣고 열심히 글도 쓰는 것이지만, 한편으론 스스로 납득이 되지 않는다. 그 이유를 알고 싶어서, 스스로에게 납득시키고 싶어서, 그렇게 글을 쓰는 당위성을 찾기 위해서 이 자리까지 온 것이다. 그들의 마음을 충분히 이해한다. 이렇게 에세이에 대한 책까지 쓰고 있지만 나도 한편에서는 늘 '왜!'라는 질문을 하고 있다. 아마 죽을 때까지 글을 쓰면서 계속 같은 질문을 하고 있을 것이다.

왜 나는 일기를 쓰지 않고 에세이를 쓰는가? 왜 나는 굳이 내 이야기를 꺼내어 에세이라는 글로 쓰려는 것인가? 일기보다 더 귀찮고 더 각잡고 써야 하는 이 글을? 지극히 보통인 개인으로서의 이야기를 글로 써서 나누는 의미가 있을까? 책으로 내는 건 더더욱 의미가 있을까? 내 글에 과연 독자가 있을까? 이렇게 개인적인 이야기에 누가 관심을 가져줄까? 대작가가 아닌 바에야 세상에 또 하나의 글을 내놓는 게 무슨 의미가 있을까? 그럴 바에야 혼자 일기나 끄적이는 게 낫지 않을까?

'고민하는 부류'의 질문은 보통 이렇게 일기로 시작해서 일기로 끝나는, 무한 원점으로 돌아가는 사이클이다. 이들에게 나는 같은 질문을 되돌려준다. 잘 생각해 보라고. 여기에 왜 온 것인지, 무엇을 꺼내고 싶어서 온 것인지, 왜 굳이 일기가 아닌 에세이를 쓰려는 것인지를 다시 묻는다. 그리고 지금 이 글을 읽고 있는 독자에게도 나는 묻는다. 왜 이 글을 읽고 있는지, 왜 에세이를 쓰려고 하는지. 서로가 질문을 넘기고 넘겨 가며 고민은 더욱 깊어지고 조금씩 형체를 갖춘 답이 되어 간다. 고민의 과정 자체가 이미 답을 하는 과정이기 때문이다.

에세이란 무엇인가

이 질문은 결국 '에세이란 무엇인가'에 대한 근원적인 고찰이다. 고민하면서도 결국 에세이 클럽에 와서 앉아 있는, '왜'냐고 끊임없이 물으면서도 결국 쓰고 싶어서, 그것도 잘 쓰고 싶어서 고민하는 우리는 대체 '왜' 에세이를 쓰는가, 우리를 쓰게 만드는 에세이는 과연 어떤 글인가에 대한 고찰.

에세이란 '나'의 세계에 타인을 초대하는 것이다. 지극히 사적인 글을 타인과 공유하는 것이 에세이다. 그렇다면 우리는 왜 사적이고 내밀한 나의 이야기에 타인을 더하려 하는가. 타인을 더함으로써 얻어지는 것은 무엇인가.

나 혼자만의 내밀한 공간에 누군가를 초대한다고 가정해 보자. 처음에는 조금 떨리고 부끄러울 것이다. 그러나 공간을 깨끗이 정돈하고, 취향을 드러낼 수 있는 장식을 더하는 시간들을 보내며 점점 들뜨고 기대되기도 할 것이다. 손님이 오면 웃으며 차를 마시고, 눈을 맞추며 이야기를 나눈다. 서로의 마음이 진하게 오고 간다면 어디서든 그 이상의 만남은 없을 것이다. 에세이도 어쩌면 이런 것이다. 나만의 사적인 공간에 타인을 초대하는 것. 그곳에서 마음을 전하고 공감을 나누는 것.

　나의 사적인 것을 밖에 그대로 꺼내 놓는 행위가 날것의 끄적이는 글쓰기, 혹은 일기라 한다면 그것을 잘 다듬는 과정, 세공하는 과정은 에세이 쓰기라고 할 수 있다. 나만의 공간, 내 안에 존재하는 것, 내 안에 살아 숨 쉬는 것을 꺼내어 남들에게 보여 주고 싶다는 마음, 누군가를 초대하고 싶다는 마음, 공유하고 공감받고 싶다는 욕구. 말하자면 에세이는 있는 그대로의 내 공간을 누군가에게 보여지는 공간으로 다듬어 가는 과정이자, 거칠고 투박한 돌덩어리를 각자에게 어울리는 보석으로 세공해 가는 과정이다.

'나'가 '우리'가 되는 글

사실 모두 알고 있다시피 '왜 쓰려고 하는가'에 정답은 없다. 왜 먹고 싶은지, 왜 친구를 사귀고 싶은지,

왜 책을 읽고 싶은지에 답이 없는 것처럼 왜 글을, 왜 에세이를 쓰고 싶은가에 명확한 답이 있을 리 없다. 그러나 그 '명확하지 않은 지점'을 잘 살펴보면, 조금은 근접한 답을 얻을 수 있다. 세공의 과정을 통해 내 안에 있는 돌을 세상에 꺼내 놓는 것. 지극히 개인적인 이야기와 성찰을 타인과의 장으로 이끌어 내는 것. 그 과정을 통해 혼자만의 글쓰기로는 충족되지 않는 마음을 나누고 위로받고 인정받으며 궁극적으로는 공감받고 싶은 것. 그 욕구 때문에 '왜 이런 글을 쓰는 거야!' 하면서도 우리는 또다시 쓰고 있는 게 아닐까.

나의 내밀하고도 사적인 공간을 타인에게 열어 보인다는 것은 큰 용기가 필요한 일이다. 하지만 이러한 공유를 선택한 사람은 위로와 인정, 기쁨을 얻고 놀라운 소통의 경험을 할 수 있다. 진실한 소통은 혼자서만 느끼던 것과는 또 다른 풍요로운 감정들을 제공한다. 그 남다른 감동의 순간이 바로 에세이다. '나'가 '우리'가 되는 경험. 그 순간을 찾아가는 글. 에세이. "왜 '굳이' 에세이를 쓰나요?"라는 질문에 '굳이' 답을 해야 한다면 나는 그리 말하겠다. '나'가 '우리'가 되는 순간의 감동을 경험하기 위해서라고. 일단 한번 이 감동을 맛보고 나면, 나에 대해서도 타인에 대해서도 더 깊이 알 수 있게 된다.

그러나 이 모든 걸 뒤로하고 그 무엇보다 중요한 건 아마 '꺼내지 않을 수 없으니까'일 것이다. 쓰지 않을 수 없으니까 쓰는 것. 쓰고 싶으니까 쓰는 것. 본능이고 한 발 더 나아가 강렬한 욕망이다. 누군가가 읽어 줄까, 세상에 의미 있는 글일까, 과연 좋은 글일까. 고민은 그 다음이다.

2장

내 인생 최초의 에세이집
'일기장'의 진실

한국 친정집에는 아직도 내가 초등학교 때 쓴 일기장이 고이 간직되어 있다. 무엇이든 버리기 좋아하시는 아빠의 손에 언제고 버려질지 몰라 두려워하며 '절대로 버리지 말아 달라'고 신신당부를 해 왔다. 친구들과 나눈 편지 역시 마찬가지이다. 커다란 박스 하나로 가득한 그 이야기들은 절대 폐기처분할 수 없는 나의 자산이다. 낡고 닳아 너덜너덜해진 일기장과 편지들은 내 감성의 저장고이고 나의 에세이 재료다.

8년 만에 한국에 있던 어느 날 밤. 나는 오래전에

쓴 일기장을 꺼내 키득거리며 읽고 있었다. 일기 쓰기가 의무였던 80년대, 초등학교 1학년부터 6학년까지의 일기장이었다.

3학년부터는 학교에서 일괄적으로 나누어 준, 같은 디자인의 공책들이 제법 높은 탑을 쌓았다. 악필이지만 꽤 읽는 재미가 있다. 나는 어린 시절 상상력이 풍부하고, 오두방정에, 질투와 허영심이 많은 아이였다. 거기에 글을 좀 쓰는 아이였다면 알 만하지 않은가? 이 아이의 일기장은 재미있다. '오늘은 무슨무슨 일을 했다, 내일은 더 열심히 할 것이다' 정도의 요약으로 끝나는 일반적인 일기에 비한다면 이건 요절복통, 좌충우돌, 어이가 없는 일기다. 아이의 상상과 질투가 여과 없이 드러나서 피식피식 웃음이 나오기 일쑤다. 그 가운데 제일 재미있는 일기는 4~5학년 때의 이야기들이다. 2학년 때 운명적으로 글짓기 선생님을 만난 후 제법 글 쓰는 틀을 갖춰 가기 시작했을뿐더러, 이제 10대에 가까워지며 감정선도 풍성해졌기 때문

1부 에세이라는 글쓰기

이다.

그러나 참 그 시절의 나답게, 여과가 없다. 말도
안 되는 상상을 하고, 허영심을 있는 그대로 드러내
고, 친구에 대한 질투도, 싸운 후에 생긴 미움도 고
스란히 담았다. 그곳에 담긴 이야기는 온전히 '나'
의 이야기였고, 참 좋은 일종의 '자기치유'였구나 생
각하게 된다. 물론 그 이야기들에 관심을 깊이 기울
여 준 선생님은 거의 없었다. 정 없고 영혼 없는 '참
잘했어요' 도장 정도면 다행이다. 글짓기 선생님이
4학년 담임이셨던 한 해에만 선생님과의 다정하고
친근한 대화가 간혹 나타난다. 나의 악필에 대해서
도 선생님은 '글씨만 좀 더 잘 쓰면 참 좋겠는데'라
고 해 주셨고 '수진이 일기는 너무 재밌어'라고 써
주시기도 했다. '일기'라는 건 누굴 보여 주기 위한
것이 아니기에 (그렇게 배웠기에) 나만을 위한 글을
썼지만 그래도 선생님의 한두 마디 관심은 좋은 자
극제가 되곤 했다.

그런데 6학년 일기장을 읽으면 뭔가 이상한 조짐

이 발견된다. 5학년과 6학년의 일기 사이에 엄청난 '변화'가 있었음을 깨닫는다. 갑자기, 일기가 재미없어졌다. 그것도 '매우'. 이야기에는 알맹이가 빠졌고, 상상과 유머는 사라졌으며, 내 일기의 생명이던 '질투'와 '허영'도 온데간데없어져 버렸다. 대신 평범한 일상과 반성, 더 나은 내일을 다짐하는 맥 빠진 모범생의 일상이 종이를 채웠다. 도대체 무슨 일이 생긴 걸까.

6학년 초의 일기를 보면 그 이유를 알 수가 있다. 6학년 때 나의 담임 선생님은 무척 완고한 중년의 여성이었다. 공부 잘하는 아이들에 대한 편애도 심했다. 그런 그녀에게 어디로 튈지 모르는 나의 행동, 정돈되지 않은 모습은 조금 못마땅해 보였던 것 같다. 나는 선생님들에게 매력적인 캐릭터의 학생은 분명 아니었다. 그런 나의 모습이 고스란히 담긴 일기장에 그녀는 빨간 펜으로 날카로운 독설을 남기곤 했다. '너는 늘 착한 마음이 아쉽구나'라든가, '친구와 싸웠으면 반성을 해야지'라든가 하는.

　　　　　　　　　　1부　에세이라는 글쓰기

그제서야 나는 깨달았던 것 같다. '아, 나의 일기가 보통 아이들의 일기와 다르구나'를. 나는 독특한 아이이긴 했지만 머리가 나쁜 아이는 아니었다. 선생님에게 미움을 받고 있다는 걸 알아차린 후, 일기장의 콘셉트를 바꾸었다. 그 뒤로 쓴 일기에는 '도와줘서 고맙구나'라든가 '좋은 걸 배웠겠구나'와 같은 선생님의 멘트들이 보였다. 선생님이 바뀐 일기장 콘셉트에 만족했는지 모르겠지만, 나는 그 일기들에서 자신을 속이고 있었던 것이 분명했다.

좋은 에세이란

물론 일기는 에세이가 아니다. 하지만 에세이를 향한 초석—개성, 솔직함, '진짜 나'에게서 글감 찾기, 사소한 진실들. 이런 것들을 생각해 볼 때, 단연코 6학년 이전의 일기는 좋은 에세이의 기본을 갖추고 있었다. 물론 아직 독자를 고려하지 못해 세련됨이 부족한 글이기는 하지만, 어디로 튈지 모르는 아이의 마음이 고스란히 담긴 이야기. 매일매일의 삶이 담긴 나만의 세계는 좋은 에세이의 기본이 되기에 충분했다. 그것이 비록 도덕적이거나 윤리적인 교훈이 담기지 않은 일상의 이야기라 할지라도, 아니 어쩌면 그런 것들이 억지로 담기지 않아서 더 진실된 에세이가 될 수 있었을 것이다. 내가 이 글을 통해 무언가 전달하고자 하는 메세지가 강할 때, 그것이 교훈적이거나 윤리적이어야 한다고 생각할 때, 누군가에게 잘 보여야 한다는 강박관념이 있을 때, 내 진짜 이야기를 드러낼 수 없을 때 좋은 에세이를 쓴다는 건 불가능하다. '사소한 진실'이 사라진 에세이, '나 자신에게 솔직할 수 없는 에세이'는 더 이상 에세이로서의 생명력을 지니지 못한다.

어릴 적 일기를 읽으며 나는 '내 최초의 에세이집'의 독자가 되었다. 그 글들의 작가였던 시기를 무려 30여 년 지나 다시 독자가 되어 읽으며, 아쉽게도 지금은 상당 부분 잃어버린 진짜 작가의 자질을 읽는

다. 과감함. 솔직함. 의도하지 않은 자연스러운 유머. 내 안의 진짜 이야기. 어느샌가 읽는 이를 들었다 놨다 하는 밀당까지. 매일의 일상이 살아 넘치는, 생동감 있는 글이었다. 여덟 살, 아홉 살, 열 살, 열한 살의 나는 참으로 멋진 작가였다! 그 작품이 더 이어지지 못한 것을, 아니 살아 있는 작가의 자질을 잃어버린 탓을 6학년 때 선생님에게 돌리고 싶지만, 이제 나는 더 이상 질투와 허영으로 가득 찬 어린 소녀가 아니니 그런 유치한 핑계를 댈 수가 없다. 어딘가에 남아 있을 작가의 자질을 어떻게든 끌어올려 오늘도 부지런히 쓰는 수밖에. 생동감 넘치던 내 안의 세계를 다시 부지런히 찾는 수밖에.

3장

작가의 개성

7차 교육 과정 중학교 3학년 국어 교과서에는 '작가의 개성'이라는 단원이 있었다. 그리고 이 제목과 관련된 텍스트는 모두 '수필', 즉 앞서 말했던 것처럼 우리가 이 책에서 다루고자 하는 정의로서의 '에세이'였다. 아이들에게도 수필은 친근한 장르의 글이다. 그러나 이 단원의 목적은 그냥 수필을 읽는 것이 아니라 '작가의 개성'을 파악하는 것이다. 수필이라는 글이 '작가의 개성'을 드러낸다는 것을 인지하기. 나아가 '개성'이 가득 담긴 에세이를 스스로 쓸 수 있는 단계까지 가는 것.

학습 목표

‣ 글에 드러난 작가의 개성을 찾을 수 있다.

‣ 글에 드러난 작가의 개성에 대해 자신의 생각이나 느낌을 말할 수 있다.

‣ "글은 곧 사람이다"라는 말이 있다. 이는 글에 지은이의 가치관과 그것을 표현하는 특유의 방식이 담겨 있어, 글을 읽을 때에 지은이의 개성을 느낄 수 있다는 말이다. 글 속에 담긴 주제와 그것을 표현해 내는 문장, 거기에는 곧 지은이 자신의 사상과 철학, 인격과 품위가 나타난다. 다음 글을 읽으면서 지은이에 대해 상상해 보자.

나는 국어 교사로서 이 단원의 목표가 마음에 들었다. 에세이란 것은 결국 '자신의 색깔'을 드러내는 글이다. 아이들에게 '글을 잘 써라'라고 하는 것은 무리한 요구지만 '너만의 색깔을 담아라'는 훨씬 구체적이고 재미있으며 쉽게 다가갈 수 있는 목표라고 생각했다. '작가의 개성'이란 '발상과 표현의 개성, 관점과 문체의 개성'으로 볼 수 있지만 그런 것은 일단 뒤로하고, 글에서 작가 고유의 색깔이 드러난다면 그것은 이미 발상이든 표현이든, 관점이든 문체든 좋은 에세이의 기본을 갖춘 것이다. 그냥 빨

강이 아니라, '오후 여섯 시의 메릴랜드 노을처럼 붉고, 아궁이에 막 붙기 시작한 장작불처럼 불그스름하고, 밖에서 썰매를 타다 막 들어온 아이의 볼처럼 발그레'한, 그때그때의 고유한 색을 갖춘 글 말이다.

제시된 텍스트로 글에 드러난 작가의 개성을 파악하고 난 뒤, 아이들도 자신의 개성이 남뿍 든 글을 쓸 차례였다. 글을 쓰자 하면 무조건 "아! 너무 싫어"를 외치는 아이들에게, 에세이는 결코 어려운 글이 아니라는 걸 다시금 알려 주기 위해 몇 단계를 거쳤다.

【 1단계 】

‣ 살면서 가장 행복했던 순간 / 슬펐던 순간 / 재밌었던 순간 / 아팠던 순간 / 지금 가장 큰 고민 등등 가운데 자신이 쓰고 싶은 이야기를 선택한다.

【 2단계 】

선택한 글감을 가지고 본격적으로 글을 쓰되, 다음 조건을 지킨다.

‣ 작품에 이름을 쓰지 말 것

‣ 자신을 알아볼 만한 구체적인 단서를 피할 것

‣ 꼭 써야 하는 정보는 암호를 이용할 것(생일, 가족의 이름 등)

‣ 글씨체를 다르게 써 볼 것

말하자면 이름이나 글씨체로 자신을 알리지 말라는 것이다. 한 반에 고작해야 스무 서너 명. 서로 간에 시시콜콜한 것까지 아이들은 웬만큼 다 알고 있었다. 그런 아이들끼리 이름과 글씨체 같은 단서 없이 글을 읽을 때 얼마 만큼 서로를 알아차릴 수 있을까. 글 속에 본인의 일상, 표현, 생각 들이 얼마나 들어 있고 어떤 문체로 드러나는지를 알아보자는 의도였다. 아이들은 종이를 팔로 가리고 열심히 써 내려가기 시작했다. 자신을 알아볼 만한 단서를 암호로 바꿔 가며 신나 했다. 글씨체를 바꾸기 위해 왼손으로 쓰는 등 갖가지 묘기가 등장하기도 했다.

【 3단계 】

‣ 이 글의 작가로 추정되는 인물:

‣ 그렇게 생각하는 이유:

그렇게 쓴 글들을 무작위로 온 반에 돌려 가며 작가를 추측하기 시작했다. 말투가 그대로 글에 드러나거나, 글 속의 사건에서 뻔히 그 아이 같은 행동이 보이거나, 글 전체의 분위기가 아이와 꼭 닮았다던가 하는 경우 쉽게 작가를 맞혔다. 교사인 내가 봐도 어떤 글은 아이와 글이 꼭 닮아 있었다. 반면 작가를 맞히기가 힘들었던 몇몇의 경우는 글과 아이의 분위기가 영 다르기 때문이었다. 평소에 워낙 조용한 아이라 그 친구에 대한 단서가 전혀 없었기에 안타깝게 맞힐 수 없는 경우가 있었고, 반대로 개성이 강한 아이지만 의외로 글에는 개성이 전혀 나타나지 않아서 맞힐 수 없는, 역시 아쉬운 경우도 있었다. 작가를 공개할 때 아이들은 "역시!", "이럴 수가!" 등의 감탄사를 내뱉으며 즐거워했다. '에세이'라는 글에 친구들의 개성이, 작가의 개성이 얼마나 들어가 있는지를 이 경험을 통해 깨닫길 바랐던 나의 의도가 어느 정도 적중한 것 같았다. 그것만으로 충분했다. 모두가 대단한 글을 쓰는 작가로 성장하지는 못할지라도 자신의 색깔, 작가의 개성을 드러내는 글을 읽고 쓰는 즐거움을 느꼈다면 그것으로 충분했다.

아이들만 그럴까. 우리들의 글은 어떨까. 글 안에서 나를 '강박적으로' 드러낼 필요는 없지만, 나만의 개성이 담긴 글은 쓰는 이에게 정서적 치유제로 작용하여 개인적 성장을 제공한다. 또한 독자는 그러한 진정성이 담긴 글을 읽으며 더욱 깊은 공감 능력을 기르고 감수성을 넓히는 경험을 할 수 있다. 누가 썼어도 마찬가지라고 느껴지는 무미건조한 글밖에 쓸 수 없다면 작가로서 그보다 슬픈 일은 없을 것이다. 내 글이 내 글 같지 않을 때, 내 글이 너무 내 글 같아서 뻔할 때, 나는 종종 중학교 3학년 교실에서의 '작가의 개성' 수업을 떠올린다. 나의 글에 '지은이의 가치관과 그것을 표현하는 특유의 방식'이 과연 잘 표현되어 있는지를 생각해 본다. 자연스럽게 내가 녹아 들어가 있는 글, 나만의 글을 쓰고 있는지 생각해 본다. 쉽지 않은 길이겠지만 그런 글을 쓰고 싶다.

에세이스트는 나르시시스트

에세이를 쓰는 사람은 소설을 쓰는 사람보다 자기 중심적이라고 생각한 적이 있다. 소설가들 중에서는 계속해서 소설만 발표하다가 출판사나 주위의 권유에, 등단 후 한참 뒤에야 슬며시 에세이 책을 내미는 작가들이 꽤 있는데, 소설에서 아무리 강렬하게 본인의 가치관을 보여 준 작가라 할지라도 에세이에서 이름 석 자를 드러내고 직접적으로 자신을 공개하는 글을 쓰는 데는 그만한 용기가 필요했던 게 아닐까 싶다. 그에 비하면 처음부터 에세이를 쓰기 시작하는 수많은 작가, 작가 지망생들은 굉장

한 용기를 짊어진 사람들이다. 한편으론 건강한 나르시시스트라고 할 수도 있겠다.

말하자면 나는 나르시시스트다. 내 인생 최초의 에세이. 초등학교 일기장부터 시작해서 지금까지 내가 쓴 모든 에세이를 추억하며 나는 이런 결론을 내렸다. '나는 나르시시스트다.' 어린 시절 이야기를 쓸 때는 세상의 중심이 온통 어린 수진이었고 고향의 한옥집이었다. 나침반의 방향을 온통 나의 세계로 맞추면서 그 안에서 충만하고 풍요로웠다. 그 어떤 이야기를 써도 마찬가지였다. 다른 이의 이야기를 쓰고 있을 때에도 결국 주인공은 나였고, 내가 느낀 나의 세계였다. 어린 시절 일기를 쓰던 경험을 떠올려 보면 그때는 더 그렇다. 일기장을 통해서 나의 일과와 감정들을 토해 냈다. 결국 그로 인해 앞에서 언급했듯이 '수진이는 착한 마음이 아쉽구나' 같은 코멘트를 받았던 건 두고두고 속상하지만. 중고등학교 시절에는 내 안으로 가장 깊숙이 파고든 글을 썼다. 세상 모든 것들을 두려워하고 증오했다가 갑자기 온 세상을 다 품을 것처럼 사랑이 넘치기도 했다. 감정이 소용돌이쳐 내 손바닥 안에 세상을 놓고 이리저리 움직이던 글들이 일기장 안에 가득했다. 일기장과 노트는 나의 자기중심적 세계를 모두 품어 주는 유일한 공간이었다. 과연 나만 그럴까. 에세이를 쓰는 사람은 결국 내 이야기를 하고 싶어서 애가 타는, 나를 중심으로 돌아가는 세상에 대한 글을 쓰고야 마는 나르시시스트다. 그러니 얼마나 다행인가. 글이 아니라 타인을 앞에 놓고 그렇게 주구장창 자기의 생각과 이야기를 해 댄다면 주변에 사람이 남아 있을 턱이 없으니.

그뿐 아니다. 나르시시스트는 남을 '이용'하는 사람이라는데, 에세이를 쓰는 사람은 다른 사람의 세계를 '이용'하고야 마는 나르시시스트다. 작가 옆에 있는 사람들은 언제 어떻게 자기가 글의 소재로 활용될지 몰라서 겁을 낸다는 우스갯소리가 있고, 그건 결코 농담이 아니다. 작가 주변의 모든 사람, 모든 상황, 모든 환경은 다 글감이 된다. 소설에서는 조금이나마 변형이라도 되지 에세이에서는 있는 그대로 출연할 가능성이 높다. 말 그대로 '내'가 언제 어떻게 글의 소재로 쓰일지 모른다. 언젠가 어떤 책의 한 페이지에 내가 글감이 되어 출연하고 있을지, 이미 그리 되었는지 알 수 없는 일이다. 지금까지 내가 쓴 글에 출연한 수많은 이웃들을 다 셀 수 있을까. 50년 가까이 살면서 만나 온 수많은 사람들을 나는 단역으로 조연으로 때론 주연급으로 내 글에 '사용'했다. 어린 시절의 이야기를 쓴 첫 책 출간 이후에는 꽤나 많은 그 시절의 인연들과 다시 연락이 닿기도 했다. 부모님은 이미 연락이 끊겼던 오랜 지인을 찾아가 '당신 이야기가 이 책에 있다'면서 책을 들이밀기도 하셨다. 물론 즐거운 기억, 그리운 추억으로 그들이 출연했기 때문에 가능한 이야기였지만. 학교에서 아이들을 가르치던 때, 국어 교사였기에 얻는 특별한 즐거움은 아이들의 '사적인 이야기'들을 꽤나 많이 알게 된다는 것이었다. 글로 말로 자신을 표현할 수 있는 국어 시간이기에 아이들은 가족과 친구들 이야기를 서슴없이 드러냈다. 일부러 그러지 않아도 저절로 드러나기도 했다. 그래서 국어 교사는 따로 상담을 하지 않아도 아이들의 깊은 마음속을 들여다보게 된다. 아이들의 글 속에 등장했던 부모님을 나중에 만나면 아이들의 표현이 생각나 나도 모르게 슬며시 웃음이 나올 때도 있었다. 아마 우리도 누군가의 글감으로 출연한 적이 있을지 모른다. 단역, 조연, 주연 다 좋지만 악역으로는 출연하지 않았으면 하는 바람이다. 악역으로 출연했다 하더라도 어쩔 수 없지만. (인생을 잘 살아야 하는 또 하나의 이유다.)

하지만 이렇게 지독한 나르시시스트인 에세이스트에게 결정적인 것. '진짜' 나르시시스트가 될 수 없는 이유가 있다. 그건 바로 '공감'의 코드이다. 진짜 나르시시스트는 공감을 못하는 사람, 아니 공감할 필요를 느끼지 못하는 사람이란다. '공감하는 척'은 할 수 있지만 진실된 공감의 능력은 완전히 결여된 사람. 그런데 진짜 에세이, 에세이다운 에세이를 쓰는 사람은 공감이 넘쳐서 문제인 사람들이다. 타인에 공감하고 자연에 공감하고 심지어 사물에도 영혼을 불어넣어 공감하는 이들. 이 엄청난 간극을 메울 방법이 없다. 나의 세계를 쓰면서 누군가에게 이를 전달할 수 있는 이유는 결국 내 세상에 담긴 타인의 세상을 이해하고, 타인의 세상에 담긴 그들의 마음을 이해하기 때문이다. 에세이라는 게 결국 내 마음과 타인의 마음이 교감하는 지점에서 폭발하는 카타르시스의 문학이니 말이다. 그 지점에서 독자를 설득할 수 없는 작가는 혼자만의 글을 일기장에 써 내려가는 것으로 만족해야 할 것이다. 세상과 소통하지 못하고 독자와 공감을 나누지 못하는 에세이는 혼자만의 독백이다. 나르시시스트의 고독한 고백이 되고 말겠지.

내 입으로 말하긴 좀 그렇지만 에세이를 쓰는 사람들은 아름다운 나르시시스트다. 수많은 사람들을 글로 만나면서 느낀 점 중 하나는 '글이 좋은 사람은 사람도 좋다'라는 단순한 사실이었다. 사람이 좋다고 해서 반드시 글이 좋은 건 아니지만, 글이 좋은 사람은 대부분의 경우 사람이 좋더라는 게 내 결론이었다. 에세이에서 '공감'의 코드를 제껴 놓고는 글을 쓸 수 없으며, 쓰는 이도 읽는 이도 즐겁지 않을 테니. 에세이스트들은 '공감하지 못하게 할 거면 차라리 아무것도 쓰지 않고 읽지 않겠다'고 외칠 인간들이다.

에세이, 어떻게 쓸까?

1장

무엇을 쓸까?

1. '나'라는 글감

에세이의 가장 좋은 점 중 하나는 글감을 언제 어디
서든 얻을 수 있다는 데 있다. 거대한 도서관 하나,
아카이브 하나를 통째로 들고 다니면서 언제든 종
적·횡적으로 연구하고 꺼내 글로 쓸 수 있다는 것은
엄청나게 편리한 이점이다. 하루에도 수십, 수백 개
의 글감들을 내 안에서 줄줄이 꺼내 볼 수 있다. 때
와 장소에 상관없이. 특별한 자료 조사도 필요 없이.

(필요할 때도 분명 있지만.)

'나'는 하나의 거대한 역사이다. 인류에게 인류사가 있듯 나에게도 나의 역사가 있다. 역사는 기록되는 순간 사라지지 않음을, 또 기록하는 자의 것임을 우리는 잘 알고 있다. 나라는 존재 역시 기록을 통해 세상에 각인되고 싶다는 마음은 너무도 당연하다. 하지만 단순히 나의 인생을 기록하는 일은 '기록'적인 측면에서는 의미가 있을지 모르나 문학적으로 의미 있는 글, 타인에게 흥미 있는 글이 되지는 않을 것이다. 가족이 아닌 이상, 평범한 누군가의 인생 기록을 과연 누가 관심을 갖고 자세히 읽어 주겠는가.

기록의 이야기화

그런데 만일 '기록'이 아니라 '이야기'가 된다면 어떨까. 이야기가 되는 순간, 그것이 사소하고 중요하지

2부 에세이, 어떻게 쓸까?

않은 역사라 할지라도 사람들은 귀를 기울인다. 평범한 인생도 이야기가 되는 순간 재미가 생기고 의미가 생긴다. 우리가 지금까지 즐겨 읽고 듣는 옛날 이야기들이 뭐 어디 대단한 인생들이던가? 재밌고, 무섭고, 슬프고, 뭉클하고, 그저 인간 세상의 보편적인 감정이 들어 있을 뿐이다. 그 보편적인 감정에서 사람들은 카타르시스를 느낀다. 그래서 우리의 인생 역사도 이야기로 만들어야 한다. 사실을 허구로 바꿔야 한다는 말이 아니다. 역사를 걸러 내 소재와 주제를 찾아내고, 알맞은 표현과 구성으로 다듬어 '이야기화'할 필요가 있다는 것이다.

'관점'이라는 렌즈

나의 가족. 내가 살아온 집. 내가 먹어 온 음식. 내가 읽은 책. 내가 살았던 도시들. 내가 좋아했던 음악. 내가 써 온 글. 나의 생각들. 내가 다녔던 학교.

이러한 것들을 전부 적으려 든다 해도 결코 전체의 100분의 1도 남길 수 없을 것이다. 일일이 기록하자면 두꺼운 장정으로 100권도 넘는 책이 될 우리의 지난날에, '관점'이라는 렌즈로 초점을 맞춘 현미경을 들이대야 한다. 그 관점으로 걸러 낸 소재들이 우리의 이야기가 된다. 우리의 수많은 기억과 생각, 꿈 들을 되살려 내 들여다보자. 거기에 현미경을 갖다 대고 '사랑', '그리움', '절망', '희망' 등 나만의 여러 렌즈를 바꿔 끼워 가며 찾아낸 것들이 바로 내 글의 글감이 된다. 그 수많은 글감 찾기의 렌즈 중, 여기서는 '시간'이라는 렌즈에 대해 이야기해 보려고 한다. 바로 과거의 글쓰기, 오늘의 글쓰기, 미래의 글쓰기다.

2. 시간의 관점에서 글감 찾기

과거의 글쓰기

과거의 기억을 글로 쓰면 그 과정에서 특별한 작용이 일어난다. '글 속의 나'와 '현실의 나' 사이에는 간극이 존재하는데, 설령 당장 오늘의 이야기라 할지라도 몇 시간 전의 나와 지금의 나 사이에는 시간적 간극, 존재적 간극이 있을 수밖에 없다. 시간의 흐름과 동시에 변화하는 나 자신 때문이다. 우리는 고정된 존재가 아니다. 시시각각 변화한다.

그러므로 '글로 쓰는 나'와 '현재의 나'는 정확히 같은 '나'가 아니다. 같을 수가 없다. '현재의 나'는 '글 속의 나'의 세계를 글로 쓰며 과거의 상황을 재해석하게 된다. 나의 펜 끝에서 '과거의 나'와 '현재의 나'가 만나는 것이다. 그리고 그 과정에서 치유와 성찰, 자각이 일어난다. 물론 그 과정이 고통스럽거나 힘들 수도 있지만, 이것이 바로 '현재의 나'가 '과거의 나'를 쓰는 행위를 통해 얻는 힘이다.

그렇다면 수많은 과거의 이야기들, 과거의 나를 어떻게 기억해 낼까? 『안녕, 나의 한옥집』이 출간되고 나서 가장 많이 받았던 질문 중에 하나는 "어떻게 그 옛날의 이야기를 다 기억하고 썼나요?"였다. 사실 나 역시 많은 작가들에게 던지는 질문이기도 하다. 어린 시절에 대해 쓴 책들 중 내가 특히 좋아하는 이문구의 『관촌수필』이라든가, 이미륵의 『압록강은 흐른다』, 로라 잉걸스 와일더의 『초원의 집』 등은 수필과 소설을 오가고 있기는 하지만 기본적으로 작가의 기억에 의존한 작품들이다. 그런 작품들을 읽고 빠져들며, '나도 이런 책을 써 보고 싶다'고 생각했다. 그러면서 도대체 이들은 어떻게 이런 기억들을 다 간직하고 있을까 궁금했다. 얼마나 그리워했으면 이렇게 자세히 기억하고 있을까 생각하기도 했다. 그러나 그런 그리움만 가지고 글을 쓸 수는 없는 노릇이다. 아무리 많이 기억한다고 할지라도 책을 쓸 정도로 기억해 내기는 또한 어렵다.

그래서 책을 쓰며 내가 했던 작업이 몇 가지 있었는데, 그중 하나가 '내 머릿속 흑백사진 펼쳐 놓기'였다.

★ 흑백사진의 글쓰기

1. 어린 시절의 단편적인 순간들을 떠올리기.
2. 어렴풋한 장면일지라도 흘려보내지 않고 마음에 담아 두기.
3. 위 장면들을 오래오래 들여다보기. 때론 며칠 동안. 때론 몇 달 동안.

머릿속에 한 번 펼쳐 놓은 흑백사진은 오래오래 나를 따라다녔다. 계속 들여다보고 생각할수록 흐릿했던 배경은 점차 뚜렷해졌고, 프레임에 잘려 보이지 않던 뒷이야기들이 점점 모습을 드러냈다. 처음에는 그저 푸른색이었던 배경은 분명한 계절의 색을 띠고 햇빛에 비춰 반짝이는 나뭇잎까지 갖추게 되었으며, 그 곁에서 눈빛을 주고받는 친구와 이웃들의 모습까지도 보이게 되었다. 그들의 이야기가 더해졌고 슬픔과 기쁨과 하나하나의 표정까지 선명해졌다. 그중 어디부터 어디까지가 정확한 기억이고, 내가 만들어 낸 허구인지는 알 수 없다. 그럼에도 오래 들여다볼수록 흑백사진은 점점 더 길고 구체적인 컬러영화 한 편이 되어 갔다. 원래 '내 기억의 정확도와 생생함은 별개'라고 하지 않던가.

지난여름 한국을 방문했을 때의 일이다. 친정집에는 부모님의 어린 시절, 젊은 시절의 흑백사진들이 여기저기 놓여 있었다. 그중 아버지의 스무 살적 증명사진 하나가 책장에 꽂혀 있었다. 참으로 솜털이 보송보송하도록 풋풋하고 눈빛에 생기가 넘치는 스무살이었다.

"할아버지. 이거 할아버지 맞아요?"

"그럼, 할아버지 맞지."

"이게 몇 살 때예요?"

열다섯 살 아들이 아버지께 다짜고짜 질문을 했다. 오랜만에 만난 손주와의 모든 시간이 즐겁기만

한 할아버지는 자신의 사진에 관심을 갖는 손주에게 무엇이든 들려주고 싶었을 것이다.

"그건 말이지. 할아버지가 군대 휴가 나왔을 땐데, 정말 재미있었지. 그때 할아버지가 저렇게 입고 카츄샤에서 나와서 지프차 끌고 다니면 여자들이 얼마나 줄줄 따라오는지 어휴… 말도 못했어. 주머니에는 초콜릿도 잔뜩 가지고 나와서 말이지… 저거 찍던 날도 말이야…."

그렇게 시작된 이야기는 한참이 지나도 멈추지를 않았다. 나중에 아이가 나에게 '질문한 것을 후회했다'라고 할 정도로, 아무리 손사래를 쳐도 아버지의 옛이야기는 끝나지 않았다. 참 이상한 일이었다. 아이는 불과 오래된 흑백사진 한 장의 기억을 물었을 뿐이었는데, 아버지의 이야기는 오래도록 끝나지 않았다.

흑백사진 한 장 속에 무슨 이야기가 그렇게 가득했던 걸까. 색도 없고 기억도 나지 않을 것 같은 옛날이야기. 어쩌면 세월은 멀고 오직 빛만 있어 빛이 모든 색을 품듯 더 많은 이야기를 품을 수 있던 건 아닐까. 우리 안에는 무수한 기억들이 있다. 사라진 줄 알았던 기억, 너무 희미하고 빛바래 꺼낼 수 없을 것만 같은 기억. 흑백사진이 그 기억들을 살려 낸다.

★ 그 시절의 '나'를 되살리기

흑백사진의 글쓰기와 함께 또 하나, 내가 많이 했던 작업은 '어린 수진이'를 다시 만나는 일이었다. 흑백사진을 통해 살려 낸 '어린 나'를 보다 생동감 있게 깊게 만나는 작업이다. 눈을 감고 있으면 저절로 어린 내가 눈앞에 나타났다. 나는 그 아이가 가는 길을 가만히 지켜보고 따라다녔다. 마치 전지전능한 신처럼, 그 아이의 표정, 눈빛, 가는 곳, 만나는 사람, 행동 하나하나까지도 놓치지 않았다. 처음에는 갈 곳을 몰라 헤매던 아이는, 내가 눈을 감고 아이를 떠올릴 때마다 더 많이 돌아다니고 더 많이 움직였다. 아이를 생각하다 잠이 들면 꿈에서도 아이와 한옥집이 나왔다. 어느덧 행동반경이 넓어진 아이를 쫓아다니는 일은 내 하루의 일과 중 가장 중요한 시간이 되었다. 글을 쓰고 안 쓰고는 두 번째 문제였다. 아이와 함께하는 시간은 내 과거와 현재가 조우하는, 그 자체로 의미 있는 시간이었다.

정작 글을 쓰는 시간보다 글을 쓰기 위해 생각하고 기억하고 되살려 내는 시간이 훨씬 더 길고 행복했다. 무조건 글을 쓰기 시작하는 것도 좋지만, 글을 쓰기 위해 먼저 마음을 다지는 작업도 그에 못지않게 중요하다. 그 시절의 나를 만나는 것은 바로 그런 작업이다. '회고록', 또는 과거의 이야기를 쓰고자 하는 이들은 특히 이 작업을 오래오래 거치고 마음과 정서를 준비하는 시간을 충분히 가지길 권한다. 그럴 때 자연스럽게 독자들을 그 시간으로 데려갈 수 있다.

'오늘'의 글쓰기: 일기와 에세이의 차이점

어제(과거)를 에세이로 쓰기는 비교적 쉽다. 과거의 이야기는 쓰는 순간 별다른 노력 없이 곧바로 한 편의 좋은 에세이가 되기도 한다. SNS를 둘러보면 굳이 특별한 소재가 아니더라도 담담하게 늘어놓은 과거의 이야기가 공들인 에세이 한 편보다 더 마음에 와닿는 경우도 많다. 그에 비해 '오늘'을 에세이로 쓰기는 쉽지 않다. 아니다. 쓰기는 쉽지만 그것이 '좋은 에세이'가 되기는 쉽지 않다. 도대체 그 차이가 무엇일까.

핵심은 '시간'이다. 시간이라는 장치를 두면 저절로 '필터링'이 되고 자연스럽게 '정제'의 과정을 거치게 된다. 찌꺼기는 걸러지고 알맹이만 남는다. 요동쳤던 감정은 잔잔해지고 저절로 하나의 메시지로, 하나의 형용사로 가라앉는다. 걸러진 핵심은 진하고 고요하다. '시간'이라는 장치는 글쓰기에 있어서 매우 중요한, 일종의 도구이다. 그렇다면 시간의 필터링을 거치지 않은 '오늘'의 이야기는 에세이로 쓰면 안 될까? 무조건 묵혀 두는 게 좋을까? 그렇지 않다. '오늘'의 이야기를 글로 쓰면 정제된 세련됨이나 깊이 대신 예리한 관찰력으로 살아 움직이는 글을 쓸 수 있다. 디테일이 살아 있는 생생한 표현이나 충실한 감정 표현도 가능하다. 또한 오늘 겪은 일들이기에 소재도 다양하다. 그러나 이러한 장점은 동시에 단점이 될 수도 있다.

"왜 글을 쓰다 보면 항상 일기장에 신세한탄하는 것 같은 기분이 들죠?" 우리는 모두 일기와 에세이의 결정적인 차이가 '독자'의 유무라는 것을 잘 알고 있다. 독자를 고려하는 글이 에세이고, 독자를 고려할 필요도, 생각할 이유도 없는 글, 제멋대로 써도 그만인 글이 일기라는 것을. 독자가 있는 글이라는 것은 내 눈앞의, 혹은 눈에 보이지 않지만 저 너머에 앉아 있는 상대를 고려해서 글을 쓴다는 의미다. 누군가가 내 눈을 들여다보고 있다면, 혹은 건너편에서 내 말을 듣고 있다면 어떻게 말을 할까?

아주 가까운 사이가 아니라면, 감정을 쏟아 내기 전에 일단 크게 숨을 한 번 내쉴 것이다. 감정을 추스리고, 말하기 전에 한 번 더 생각해 볼 것이다. 혹은 누군가와 싸울 때를 생각해 보라. '미친 듯이 화가 났을 때는 싸우지 말라', '우울할 때는 아무 결정도 하지 말라'라는 말이 있듯이 하룻밤만 지나도 화, 분노, 뜨거운 감정들은 어느 정도 가라앉고 살짝 정리된 대화를 나눌 수 있다. 글을 쓸 때도 마찬가지다. 독자를 고려한다는 것은 시간을 갖고 상대에게 이야기를 전달할 방법을 생각해 본다는 의미도 담고 있다. 시간을 통해 정제된 감정을 우리는 더 자세히 들여다볼 수 있다. 그 과정이 없이 바로 오늘의 글을 쓰고 싶다면 (일기가 되지 않도록) 필터링을 스스로 해 주어야 한다.

1. 글을 쓰기 전 있었던 일을 생각해 본다.
2. 글로 쓸 내용을 말로 읊어 본다(말이 되든 안 되든 간에 무작정 이야기해 보기).

3. 대강의 개요를 먼저 짠다.

4. 첫 문장과 마무리 부분을 생각해 본다.

위처럼 일련의 과정을 거친 후 글을 쓰는 방법을 추천한다. 때론 그것만으로도 감정을 한 차례 걸러지고 독자를 고려하는 글쓰기의 장치가 된다. 나 스스로 갖는 '시간의 필터링'이다.

* 오늘의 글을 오늘 써 두고 훗날 퇴고하기

오늘의 글을 오늘 써 두고 훗날 퇴고를 하는 방법도 추천한다. 오늘의 글감을 묵혀 두었다가 아예 미래에 쓰는 것과, 오늘의 글을 오늘 써 두었다가가 나중에 퇴고하는 것은 또 다르다. 오늘의 글을 오늘 쓰면 비록 감정 과잉이 될지라도 꽤 근사한 생동감이 있으니 말이다. 다만 퇴고의 과정은 언제라도 반드시 거쳐야 함을 잊지 말자. 훗날 퇴고 없이 쓴 글을 읽었다가 손발이 오그라드는 건 글쓴이의 몫.

또 하나. 살아 있는 디테일은 '오늘의 글'을 쓰는

장점이지만, 대신 TMI(Too much information)가 넘칠 수 있다. 기억이 너무도 뚜렷하기에, 또 독자에게 모든 걸 알려야만 내가 이해받을 것 같기에, 이걸 다 써 두지 않으면 날아갈 것 같기에 오늘 있었던 모든 일을 알리고자 하는 조급함은 독자를 피로하게 만든다. 감정 과잉에 TMI까지 넘치면 그냥 읽지 말라는 소리다. 그런 글은 일기로 돌리자.

정리하자면 날것의 감정들을 소화도 다 시키지 않은 채 쏟아 내는 글이 일기라면, 에세이는 나의 이야기를 온전히 소화시킨 후 '내 것'으로 만들어 낸 글이다. 나의 시선과 나의 관점으로 해석해 낸 통찰력을 지닌 글. 그것이 에세이다.

'미래'도 에세이가 될 수 있다

누군가 '에세이는 과거, 소설은 현재, 자기계발은 미래의 글쓰기'라고 말하는 것을 들은 적이 있다. 다른 건 모르겠지만 일반적으로 에세이가 과거를 울궈 먹는 장르라고 생각하는 사람들이 많은 건 사실이다. 더구나 현재를 잘못 쓰면 '일기'가 되기 십상이니 더더욱 과거 속에서만 소재를 찾으려 들기도 한다. 과거로 과거로 더 빠져든다. 나와 오랫동안 함께 글을 써 온 어느 분은 '작가님과 글을 쓰면서 이제 웬만한 과거는 다 털어 버려서(?) 더 이상 쓸 얘기가 없어요. 머리를 쥐어짜 보는데도 생각이 안 나요'라고 했다. 나는 그에게 말했다. '그럼 지금부터는 있었던 일은 그만 쓰시고 하지 않은 이야기, 앞으로 하고 싶은 이야기를 쓰세요.'

★ 하고 싶은 이야기 쓰기

과거의 기억만 글로 써내야 한다면 나이순으로 더 좋은 작가가 될 것이고, 살아 낸 만큼 많은 글이 나와야 하겠지만 결코 그렇지가 않다. 과거를 무조건 쏟아 낸 글에서 느껴지는 피로감에 비하면, 나이 어린 사람의 글이 더 신선하고 의외로 감동적일 때가 많다. 상상과 꿈, 미래처럼 경험하지 않은 것들을 써내는 것은 에세이의 중요한 영역이다. 판타지 역시 소설만의 영역은 아니다. 내가 원하는 사랑, 세계, 꿈, 가치, 실현되지 못한 계획들과 앞으로의 계획들, 아직 해 보지 못한 모든 경험들 역시 에세이의 영역이다. 에세이의 출발이자 기본이 '나'라면 나의 과거뿐 아니라 미래와 계획, 바람은 어쩌면 가장 '나다운 것'의 핵심일 수 있다. 내가 경험한 것만 '나'라면 우리는 얼마나 밋밋한 존재일까. 경험하지 못한 것들 속에 가장 나다운, 진짜 내 이야기가 들어 있지 않을까.

"나는 나이가 들면 소설 『토지』의 서희처럼 그렇게 배포 큰 안방마님이 되어서 살아야지 했어. 돈도 많이 벌어서 뜻 있는 곳에 척척 쓰면서. 아니, 그럴 줄 알았지. 지금은 이렇게 그냥 늙은이가 되었지만."

엄마는 가끔 말씀하신다. 그 이야기는 엄마의 상상이고 꿈이지만 소설이 아니라 한 편의 에세이다.

2부 에세이, 어떻게 쓸까?

비록 경험하지 못한, 가 보지 못한 삶이지만 엄마가 이야기하는 그 '꿈'에는 엄마의 진짜 생각과 가치관, 가장 엄마다운 삶이 녹아 있다. 그 이야기가 에세이가 아니라고 누가 말할 수 있을까. 누가 에세이는 '했었지'만 쓰라고 했나. '할 텐데', '하고 싶었지', '하고 싶다'의 바다에서 마음껏 헤엄쳐도 된다. 중고등학교 때 백일장에서 내주는 서너 개의 주제 중에 언제나 '내가 하고 싶은 것들', '나의 꿈' 같은 주제가 있었다는 것을 기억하는가. 고작해야 열서너 살의 소년소녀들을 대상으로 하기에 '~했었지'보다 '~하고 싶다'라는 주제가 또한 타당했을 것이다. 그러나 이런 것들이 꼭 소년 소녀들에게만 해당되는 주제는 아니다. 인생의 반 이상을 살아 낸 이들에게, 인생의 황혼에 접어드는 이들에게 어쩌면 더 많이 해당되는 이야기일지도 모른다. 이 인생을 살아오는 동안 우리들에겐 얼마나 많은 '가지 못한 길'이 있었는지. '가고 싶은 길'이 있었는지. 그 이야기를 글이 아니고 어디에 풀어낼까.

이제부터 그동안 쓰지 않은 수많은 '가지 못한 길', '가고 싶은 길'에서 글감을 찾아보자. 소재가 고갈되었다는 생각이 드는 순간 다시 발걸음을 내딛을 길은 많고도 많다.

2장

어떻게 쓸까?

1. 초보 에세이스트들의 흔한 습관들

① **주제**　내가 정말 하고 싶은 얘기가 무엇인지 모른다

가장 흔하고 결정적이면서 정작 실수인 줄 모르는 실수. 바로 내가 하고 싶은 얘기가 뭔지를 글쓴이 자신도 모른다는 것이다. 내가 모르는데 독자가 알 수 있을까? 그러다 보니 그냥 '늘어놓기'가 되어 버린다. 또는 두세 가지 주제를 왔다 갔다 하니 독자가 혼란스럽다. 물론 그 글이 재미있을 수도 있고

문장 자체가 좋아서 잘 읽힐 수는 있다. 하지만 독자는 결국 작가가 무슨 이야기를 하려 했는지 모른다. 재미있게 읽었지만 '그래서 하려는 이야기가 뭐지?'라는 의문이 남는 글. 그저 에피소드를 이것저것 늘어놓거나 시간의 흐름 순으로 사건을 정리한 글, 감정을 쏟아 놓은 글로 끝나 버리고 만다.

글을 쓰기 전에 '진짜 내가 하고 싶은 말이 무엇인지', '내가 전하고 싶은 감정이 무엇인지'를 알아야 한다. 한 줄로 일목요연하게 정리할 필요는 없다 해도 적어도 내 마음속에 스스로 인지하고 쓰는 '그 무엇'이 있어야 한다는 것. 그것은 하나의 이미지일 수도 있고 형용사(감정)일 수도 있고 메시지일 수도 있다. 독자와 작가가 만나는 그 어느 지점이 필요하다. 그것이 바로 작가가 하고 싶은 말이다.

② 의식의 흐름대로 쓰기

①과의 연장선상에서 생각할 수도 있고, 다를 수도 있다. ①에서 주제의식을 말했다면 ②는 주제를 풀어 가는 방식에 대한 것인데, 아무리 하고자 하는 이야기가 명확하다 할지라도 이 얘기, 저 얘기 왔다 갔다 하는 구성(구성이라 말할 수 없는 구성), 혹은 내 머릿속 의식의 흐름대로 끌고 가는 등 독자가 따라가기 힘든 방식으로 쓰는 경우다.

이런 것들은 말 그대로 일기장의 흐름이다. '본인이 천재적인 작가라면 괜찮다'라고 나는 말하곤 하는데, 하지만 우리는 천재가 아니니까, 지나치게 의식의 흐름대로 쓰면 처음에는 흥미로워하던 독자도 차츰 뱃멀미하듯 글에서 떨어져 나가게 된다.

여기에 주제의식(①)까지 없다면 상황은 더 심각해진다. 하지만 주제가 명확하다 할지라도 하고 싶은 말을 풀어 가기 위해 너무 빙빙 돌린다든가 딴 얘기만 주구장창 하다 만다든가 하면, 글쓴이는 주제가

무엇인지 알아도 독자는 모르는 곤란한 상황이 발생
한다.

↘ 121쪽 * 뼈대의 힘

③ 일목요연하게 정리하기

②와 반대의 경우라 할 수 있다. '자유롭게 쓴다'는
에세이의 정의에 미리 겁을 먹었거나, 아직 몸과 마
음이 풀리지 않았거나 하는 이유로 논설문이나 설
명문을 쓰듯 접근하는 것이다. 주제에 대해서 모
든 것을 딱 정리해서 이야기해야 한다는 강박관념
이 있다. 완벽한 두괄식 또는 미괄식 구성을 지향하
며, 가운데 부분은 몇 가지로 나누어서 일목요연하
게 설명한다. 중간중간 물론 감상과 묘사도 빼놓지
않는다. 얼핏 봐서는 정리가 잘 된, 꽤나 잘 쓴 글 같
다. 하지만 이런 에세이에서 독자는 무언가 답답함
을 느끼며, 글쓴이의 이야기를 마음 놓고 편안히 받

아들이기 힘들다.

친구와 대화를 나눌 때 할 말을 조직화해서 이야기하지 않듯, 에세이 역시 독자에게 부드럽게 접근할 필요가 있다. 독자와 대화를 나눈다는 생각으로, 마음과 손끝을 충분히 부드럽게 준비한 후에 글을 쓰는 것이 좋다. 독자를 판단하거나 강요하지 않는 열린 자세로, 함께 대화하듯 자연스럽고 진솔한 문체를 의식하는 것 말이다.

④ 불친절한 전개

글쓴이는 이미 모든 걸 알고 있다. 자신의 머릿속에서는 모든 전개가 벌써 끝나 있으니, 마음이 급하다. 독자들보다 몇 발자국 앞에서 서둘러 이야기를 풀어내지만 독자는 어리둥절하다.

'이게 무슨 소리야? 내가 뭘 놓쳤나?' 독자가 애써 추론하며 읽어야 하는 글. 글쓴이 자신만 아는 상황, 자신만 아는 표현, 자신만 아는 상징이 넘쳐 나는 글이다. 생략이 많고, 따라서 개연성이 부족하다. 문학적 생략과는 다르다. 문학적 생략은 상징과 암시로 주로 시나 소설에서 많이 쓰인다. 소설에 비해 비교적 짧은 에세이에서 상징과 암시가 많아지면 독자는 힘들다. 하물며 문학적 생략이 아닌 작가 머릿속 전개의 생략이라면, 독자는 처음에는 무슨 소린가 앞뒤를 맞춰 가며 추론하다가도 곧 끈을 놓아 버린다. 얼핏 보면 문학적이고 근사해 보이지만 결국 불친절한 글은 따라갈 의욕을 잃게 된다. 1에서 10으로 가기 위해 잘 연결된 길을 걸어야 하는데, 1-5-7-10, 이런 식으로 길 중간이 뚝뚝 끊겨 있는 것과 같다. 독자와 적당히 템포를 맞추며 함께 걸어가야 한다.

↘ 90쪽 * 2번 꼭짓점: '너'에게로 가는 글

2부 에세이, 어떻게 쓸까?

⑤ 넘쳐 나는 TMI

불친절한 글의 전개도 문제지만 너무 친절해도 문제다. 적당한 정보는 좋지만 과한 정보와 친절은 부담스럽다. 꼭 알아야 할 정보에 집중하기도 어렵다. 마찬가지로 TMI가 넘치는 글은 부담스럽다. 적당히 독자가 알아서 쫓아올 수 있도록 빈 공간을 줘야 하는데 모든 걸 설명하려 하면 꼭 귀 기울여야 할 이야기에서 집중력을 놓치게 된다.

자꾸만 TMI를 넣으려고 하는 욕심은 글쓴이 자신의 불안함 때문이다. 모든 상황을 설명해 줘야 할 것만 같은 불안함. 독자가 꼭 알아야 할 정보인가를 판단하고 과감하게 버릴 건 버리는 용기가 필요하다. 글쓰기는 독자를 향한 '불친절'과 '친절' 사이의 아슬아슬한 밸런스 게임이다. 읽고 쓰다 보면 본능적으로 파악하게 되는 밀당의 기술. 그러니 지나치게 밀거나 당기지 말아야 한다.

↘ 124쪽 ⑨ 디테일과 TMI

⑥ 매 순간이 하이라이트

노래를 부를 때와 마찬가지로 글에서도 강약중강약의 조절이 필요하다. 강강강으로 가는 글은 힘들다. 쓰는 사람도 힘들고 읽는 사람도 벅차다. 어디에서 힘을 줬다 빼야 할지, 어디에서 집중해 읽고 어디에선 슬렁슬렁 넘어가도 될지, 어느 부분에서 글쓴이에게 공감을 진하게 해야 할지 독자는 본능적으로 파악한다. 작가가 강강강으로 힘을 준 글은 독자가 가장 먼저 안다.

노래에도 도입부가 있고, 후렴구가 있고, 하이라이트가 있다. 강약중강약이다. 처음부터 끝까지 힘을 준 글은 계속 눈을 부릅뜨고 있는 듯한 피로감을 준다. 메시지나 표현이 과하면 이런 느낌이 들 수 있다. 말하자면 매 문장 하나하나에 힘을 줘서 교훈이나 강력한 의견, 강렬한 느낌이 계속될 때, 또는 은유, 비유, 의인 등의 비유법이 넘쳐 날 때, 단어의 사용이 과장되거나 강한 의미의 표현이 많을 때 등이다. 의외로 이런 습관을 가진 이들이 많다. 구성에 있어 하이라이트가 되는 부분과 그렇지 않은 부분을 인지하고, 그에 따라 담백하고 소박한 표현과 화려하고 강한 표현을 사용하는 데 균형이 필요하다.

> ↘ 122쪽 ＊구성의 삼각형(하이라이트를 기억하자)

⑦ 거창하게 더 거창하게

안 써 보던 에세이를 쓰게 되면 갑자기 할 말이 봇물처럼 쏟아져 나온다. 수십 년 만에 만나는 친구에게 그간의 내 인생을 한꺼번에 다 알려 줘야 할 것만 같은 조급한 마음이다. 물론 급박하게 감정을 쏟아 낼 필요가 있는 경우가 있으며, 또 그로 인해 감동적인 책 한 권이 나올 수도 있다. 그러나 좋은 에세이를 쓰고자 한다면 한 편의 글에 지난 인생을 다 담으려는 무모함, 내 인생의 사유를 다 담아 버리려는 거창함보다는 담백하고 소박한 글이 주는 감동으로 독자를 끌고 가는 것이 좋다.

자꾸만 마음이 거창해질수록 작은 것에 집중해야 한다. 글 한 편, 책 한 권 쓰고 끝날 게 아니라면 말이다. 거창한 이야기를 담고자 할수록 어휘는 더 추상적이 되고 내용은 수박 겉핥기처럼 훌렁훌렁 넘어가기 마련이다. 급한 마음을 가라앉히자. 들뜬 어휘도 섬세하게 다듬고 인생을 통째로 담으려 하는 대신, 작은 순간들로 채워 보자.

↘ 105쪽 ⑤ 에세이: 작은 것에서 큰 것으로

⑧ 삐걱대는 관절들

에세이를 쓰다 보면 장면이 왔다 갔다 하게 마련이다. '현실 – 상상, 생각 – 다시 현실' 혹은 '현재 – 과거 – 현재', '과거 – 대과거 – 과거' 이런 식의 패턴이다. 작가의 머릿속에서는 장면이 자유자재로 오가기 때문에 내 머릿속 흐름대로 써 나가지만 독자는 헷갈릴 수 있다. 작가만 아는 장면의 전환, '자아~ 장면 바뀝니다'라고 드러내 놓고 티를 내는 전환 등 독자를 의아하게 만드는 장면 전환을 나는 '삐걱대는 관절'이라고 표현하곤 한다. 처음 글을 쓰는 이들에게 많이 보이는 실수 중 하나다.

사람의 뼈와 뼈 사이를 부드럽게 연결하는 물렁뼈처럼, 장면과 장면의 연결이 부드러우면서도 정확해야 삐걱대는 소리 없이 작가가 의도하는 곳으로 독자를 이동시킬 수 있다.

↘ 133쪽 ⑪ 단락과 단락, 문장과 문장, 장면 전환

⑨ 절벽 마무리

아무리 훌륭하게 전개를 이끌어 갔다 하더라도 마지막에 갑자기 뚝 끊기는 절벽 마무리는 독자를 좌절시킨다. "어? 갑자기? 끝난 거야?" 우리가 흔히 하는 착각 중 하나가 메시지를 주면서 멋지게 마무리

를 해야 한다고 생각하는 것인데, 마무리는 멋있고 안 멋있고의 문제가 아니라 결국 '코어의 힘'에서 나온다는 것을 잊으면 안 된다. 멋진 말로 끝내주는 마무리 문장을 쓴다 하더라도 본문과 연결되지 않거나 지금까지 이야기해 왔던 내용을 뚝 끊기게 하는 갑작스런 메시지는 당황스럽다. 차라리 본문을 수습하는 선, 깔끔하게 정돈하는 선에서 끝나는 담백한 마무리가 더 나을 때가 많다.

↘ 114쪽 ⑦ 첫머리와 끝머리

⑩ 얕은 공감 vs 깊은 공감

독자가 에세이를 읽는 이유는 결국 '공감'이다. 내가 알지 못하는 이야기, 내가 경험하지 못한 세계라 할지라도 고개를 끄덕이며 '아, 그럴 수 있겠구나' 생각하는 것. 그것이 에세이의 공감이다. 독자는 더 깊은 공감, 더 진한 공감을 원한다.

좋은 이야기, 따뜻한 에피소드, 아름다운 세상사를 전하는 글은 마음과 마음을 잇고 보편적인 공감을 불러일으킨다. 누가 봐도 좋은 글, 누가 봐도 뭐라고 시비를 걸 수 없는 글들이다. 마치 병원 대기실에 꽂혀 있는 작은 매거진의 '아름다운 이야기' 같은. 그런 글의 공감은 '얕은 공감'이자 '보편적 공감'이다.

거기에서 한 걸음 더 나아가, 진한 공감을 줄 수 있는 글과 아닌 글의 차이는 딱 한 가지다. 진짜 내 이야기의 진실함이 들어 있는가 아닌가 하는 것이다. 참 이상한 일이다. 아무리 좋은 드라마와 기가 막힌 영화 이야기를 예시로 들어 글을 전개하더라도 작가가 들이미는 '진짜 자기 이야기'의 힘은 그 무엇도 이길 수가 없다. 이러한 공감의 힘은 바로 솔직함과 진실함에서 나온다.

↘ 137쪽 1. 솔직함은 최고의 무기다

2. 그렇다면 어떻게? 에세이의 구체적인 방법들

① 에세이란 무엇인가

'수필'의 정의

자연, 인사, 만반에 단편적인 감상, 소회, 의견을 가볍고 소박하게 서술하는 글이다(이태준, 『문장강화』, 창비, 2005).

'에세이'의 정의

형식에 구애되지 않고 견문이나 체험, 또는 의견이나 감상을 적은 산문 형식의 글(이상섭, 『문학비평용어사전』, 민음사, 2001).

'소박하고 가볍게 서술하는 글'. 이보다 쉽고 이보다 어려운 정의가 있을까. '형식에 구애되지 않고'처럼 무책임한 말이 있을까. 수필이든 에세이든 '그래, 별거 있어? 그냥 쓰면 된다는데' 하고 쓰기 시작했다가 '대체 에세이가 뭐야! 일기와 다를 게 뭐가 있어!' 하고 나가떨어지는 모습을 종종 본다. 정해진 형식이 없고, 정해진 규칙이 없기에 더 어려운 글. 그래서 많은 이들이 오히려 혼란스러워 하고 곧잘 토론

대에 오르는 게 바로 '일기와 에세이의 차이점'이다. 『일기를 에세이로 바꾸는 법』이라는 책이 있을 정도이니. 그러나 아무리 이러니 저러니 해도 딱 떨어지는 '에세이 쓰는 법' 따위는 없다. 돌고 돌아 결국 '형식에 구애되지 않고 견문이나 체험 또는 의견이나 감상을 적은 산문 형식의 글'에 다시 도달한다고 해야 할까.

시대와 함께 갈수록 위의 정의에 맞아 떨어지는, 이태준 선생 당신의 책 『무서록』과 같은 클래식한 에세이는 점점 사라지고 다양하고 트렌디한 글들이 많아진다. 그래서 점점 더 '에세이가 무엇인가' 따위의 정의가 의미 없어지고 있는 게 현실이다. "독자가 좋아하면 그게 좋은 글일 뿐, 대체 에세이가 무엇인지가 뭐가 중요한데?" 그 말도 맞다. 독자가 좋아하는 글. 독자가 열광하는 글. 그것이 곧 에세이의 정의를 만들어 간다. 그러다 보니 에세이 쓰는 법을 가르친다고 에세이 클럽 같은 것을 운영하는 나로서도 뭘 어떻게 제시해야 할지 난감할 때가 있다. 나 자신도 형식이나 격식에 얽매인 글을 쓰지 않고, 이렇게 저렇게 내 맘대로 쓸 때가 많은데 말이다.

사실 에세이는 '호흡 같은 글'이다. 들숨과 날숨을 규칙적으로 적당히 쉴 때 편안함을 느끼듯 에세이도 그런 편안함 속에서 호흡처럼 쓰는 글이다. 그런데 에세이의 정의와 쓰는 방법에 대해서 이야기를 나누고 생각을 하고 난 후에는 갑자기 편하지가 않다는 말들을 많이 한다. 전에는 그냥 술술 내맘대로 편하게 써 내려 갔는데, 그래도 곧잘 '글 좋다'는 소리를 들었는데, 갑자기 에세이가 뭔지 헷갈리고 오만가지가 다 신경 쓰여서 쓸 수가 없다는 것이다. 호흡을 의식하고 나면 갑자기 숨 쉬는 게 불편해지는 것과 같은 상황이다. 그래서 여기에서 가장 중요한 대전제가 있다.

"글을 쓸 때는 다 잊어버려라."

에세이가 무엇인지, 어떤 글인지, 읽어 보고 생각

해 보고 이야기해 보고 토론도 해 볼 수 있지만, 막상 글을 쓰기 시작할 때에는 몽땅 잊어버리자. 그저 쓰고 싶은 대로, 본능적으로 써야 한다. 이게 말이 되나 싶겠지만 말이 된다. 이론이라는 것이 어느 순간 스며들어 본능적으로 적용이 되어야지, 이걸 여기저기 끼워 맞추다 보면 오히려 그 안에서 옴짝달싹 못하게 된다. 그러다 보면 자기 고유의 스타일을 잃어버린다. 그렇기에 나는 늘 '잊어버리자'고 한다. 어쩌면 기억하는 것보다 잊어버리는 게 더 중요할 수도 있다. 많이 알고 그에 구속받느니 처음부터 아무것도 모르는 편이 낫다. 갖가지 좋은 방법을 적용해서 세련된 글을 만드느니, 거칠고 어설퍼도 자기만의 개성을 가진 글이 더 매력적일 수 있다. 여러 작법서를 읽으며 도움을 받는 사람도 많지만, 자꾸 거기 적힌 기준들에 맞춰 내 글을 평가하느라 점점 더 글을 쓸 수 없게 되어 버리기도 한다. 스스로 평가를 내리는 것은 물론이고, 여러 사람들과 독서모임, 공부, 합평 등 다방면의 활동을 하더라도 정작 에세이를 쓸 때는 '전부 잊어버리자'는 것. 그것만이 내가 호흡을 인지하면서도 불편해지지 않기 위한 유일한 방법이다.

다시 돌아와서, 그럼에도 불구하고 글의 장르에 대한 정의를 생각하고, 내가 쓰고자 하는 글의 특성에 대해 생각해 보는 건 중요한 일이다. 처음에야 내가 가진 개성을 파악하기 위해 그저 몰라도 많이 써 보는 것이 도움이 될 수도 있겠지만, 글을 쓰면 쓸수록 기준이 없는 글은 갈 곳을 잃고 방황하고, 독자는 그것을 귀신같이 안다. 기본을 알고 기준을 세워야 뿌리가 있는 나무처럼 맘껏 뻗어 나갈 수 있는 법이다. (다행히도 에세이에는 그다지 기억할 것이 많지 않다.) 대신 기억하자. 공부하고 잊어버리자. 글을 쓸 때는 다 잊어버리고 나 자신으로 돌아가 글을 쓰자. 그리고 다시 또 생각하자. 내가 쓰는 글이 무엇인지. 어떻게 잘 쓸 수 있을지. 그리고 또 잊어버리자. 무한반복. 그러다 보면 어느 순간 우리의 펜 끝에 나만의 단단하고 근사한 작법이 스며들 것이다. 남들의 것이 아닌, 내 것으로 온전히 소화된 나만의 작법이.

② 에세이의 삼각형

그림 1 에세이의 삼각형

＊ 1번 꼭짓점: '나'에게서 시작하는 글

단적이요 트여 있어서 글쓴이의 됨됨이가 첫마디부터 드러나는 글이 수필이다. 그 사람의 자연관, 인생관, 그 사람의 습성, 취미, 그 사람의 지식과 이상, 이런 모든 '그 사람의 것'이 직접 재료가 되어 나오기 때문이다.(이태준, 『문장강화』)

에세이에서 숨길 수 없는 한 가지가 있다면 그것은 바로 '나'다. 다른 문학 장르와 비교할 때 나를 가장 직접적으로 드러내는 글이 바로 에세이다. 그러니 에세이의 시작이자 원점, 1번은 '나'가 된다. 그렇다면 내 얘기만 쓰면 무조건 에세이인가? 꼭 그렇진 않다. '나'에서 시작한다는 의미는 다음과 같다.

첫째는 직접적으로 내 이야기를 함으로써다. 글의 소재가 바로 '나' 자신이다. 나의 기억, 추억, 현재, 미래, 생각과 정서까지도 다 소재가 된다. 이런 글에는 나 자신의 많은 것들이 직접 드러난다.

둘째는 내가 아는 이야기, 내가 아는 사람, 내 주변의 것을 소재로 삼는 방법이다. 그러나 무조건 사실을 전달만 하는 건 에세이가 아니다. 소설이나 평전, 기록물, 기사문, 전기문도 모두 내가 아는 사람, 내가 아는 이야기, 내가 들은 것들이 소재가 되지만 에세이와 이런 장르들과의 결정적인 차이점은 역시 1번 '나'에 있다. 남의 이야기를 하더라도 결국 글에서 보여 주는 건 나의 생각, 나의 시선, 나의 가치관이다. 남의 이야기를 어떻게 소화해서 나의 생각, 관점, 마음을 담은 글로 쓰느냐에서 에세이의 본질이 드러난다. 핵심은 '나'다. 에세이의 삼각형에서 1번이 '나'일 수밖에 없는 이유다.

위의 『문장강화』 인용 중에서 '글쓴이의 됨됨이가 첫마디부터 드러나는 글'. 이것이 결국 수필의 출발, 1번이다. 너무 오싹하지 않은가. 나의 됨됨이를 여기저기 마구 드러내고 다녔구나 생각하면 갑자기 에세이를 쓰면 안 되겠다는 생각마저 든다. 이 얄팍한 인격과 모난 성격을 글로 다 보여 주며 살았다니 생각만 해도 갑자기 두려움이 몰려온다. 하지만 그렇다면 오직 인격자만이 수필을 쓰고 에세이를 쓸 수 있는 걸까. 비록 얄팍하지만 적어도 악하지는 않고, 매일매일 깊어지고자 애쓰며 살아가는 우리의 고뇌와 성찰이 담겼다면 그것만으로도 좋은 글일 수 있지 않을까. '완성된 인격'보다는 '고뇌하는 인격'이 독자에게 더 가닿을지도 모른다. 날마다 고군분투하며 살아가는 서로의 삶에서 공감을 느낄 수 있으니까 말이다.

그러니 비록 부끄럽고 두렵더라도, 에세이의 시작이자 마지막인 '나'를 연구하고 친하게 지내려 노력해야지 싶다. 나와 친해지고 잘 알아 가려는 노력. 그 노력이 에세이를 향한 기본이고 출발이다.

★ 2번 꼭짓점: '너'에게로 가는 글

독자. 내 건너편에 앉아서 내 글을 읽고 나의 말을 듣고 있는 '너'.

에세이는 '너에게로 가는 길'이다. 나에게서 시작하지만 나 혼자 말하다 끝나는 게 아니라 너에게로 가는 글, 즉 '독자를 고려하며 쓰는 글'이다. 이 삼각형에서 2번이 없다면? 그것은 일기다. '독자'가 없는 글. 멋대로 어떻게 써 내려가든 아무 상관도 없다. 그 어떤 주제와 소재, 어떤 표현과 전개도 문제될 게 없다. 그러나 오른쪽 꼭짓점 2번이 함께 하는 순간 '에세이'가 된다. 일기 역시 '나'에게서 시작하고 '나'에게 집중하는 글임은 마찬가지다. 내 인격과 성격과 일상을 세상에 드러내지 않을 뿐. 결국 2번, 내가 이야기하는 상대인 '너'가 있고 없고의 차이가 모든 것을 결정한다.

　말하자면 혼자 속으로 생각하는가, 상대의 눈을 마주 보면서 이야기 하는가의 차이이다. 혼자 생각한다면 뭐든 멋대로 할 수 있지만 상대와 눈을 마주치면서 이야기하면 고려해야 할 것들이 한두 개가 아니다. 대화를 할 때 우리는 어떠한 것들을 고려할까? 대화를 시작하기 전에 상대의 표정을 보고 기분상태를 파악하기도 하고, 이 사람에 대한 사전지식을 가지고 어떤 대화 주제를 꺼내야 할지 고민하기도 한다. 먼저 날씨나 일반적인 인사로 가볍게 대화를 이끌어 나가거나, 대화 중간에 상대가 혹여 지루하지는 않은지, 내 이야기에 공감을 하고 있는지 표정을 살핀다. 질문을 하거나 상대의 이야기를 경청하기도 한다. 곧 '대화의 주제, 공통된 관심사, 상대의 표정과 반응, 호흡과 문장의 길이, 어휘의 선택, 공감 여부' 등을 고려하고 신경 쓰며 대화를 이끌어 나간다.

　에세이에서도 마찬가지다. 1번 '나'만 있는 글에서 2번, '독자'가 있는 글이 되는 순간, 눈앞에 없지만 분명 이 글 너머에 앉아 있는 상대를 의식하고 고려하면서 글을 써 나가야 한다. 내 글의 주제가 상대에게 잘 전달되는지, 내가 선택한 소재가 공감을 불러일으킬 수 있는 소재인지, 내가 과연 적당한 문장과 표현으로 제대로 전달을 하고 있는지. 에세이는 '눈에 보이지 않는 독자'를 앉혀 놓고 쓰는 글이다. 나만의 세계에 '너'라는 타인을 초대하여 나의 세계를 보여 주는 글이 에세이라는 것이 바로 1번에서 2번으로 가는 과정에서 드러난다.

　★ 3번 꼭짓점: 무엇을 통해서 가는가?(표현과 구성)
나에게서 너에게로 가는 길. 내가 하고 싶은 이야기. 독자에게 전하고자 하는 메시지…. 준비가 되었다면 이제 필요한 것은 잘 마련된 길이다. 무턱대고 내 마음에 공감해 달라고, 내 이야기를 들어달라고 부닥칠 수는 없다. 타인과의 대화에서 우리가 '반응과 눈빛, 목소리와 말투' 등을 고려한다면, 글에서는 '좋은 표현과 정돈된 구성'으로 독자를 고려한다. 물론 좋은 표현, 좋은 구성 없이도 때론 좋은 글이 나온다. 강력한 '나'의 이야기가 독자에게 닿을 때. 강렬한 소재, 뿌리칠 수 없는 저자 자신의 이야기. 그 자체만으로도 독자를 빨아들이는 글이 될 수도 있다. 이야기 자체의 흡입력과 매력적인 분위기만으로 기가 막힌 글이 나오기도 한다. 이미 독자에게 '나'만으로 충분히 가닿았으니 그 외의 것이 그다지 중요하지 않다. 그러나 일반적인 경우라면 독자를 고려하기 위해 좋은 표현과 구성은 반드시 필요하다.

- ▸ 표현: 주제/내용/문장, 단어의 사용, 문체 등
- ▸ 구성: 전개 방법, 하이라이트, 장면 전환의 부드러움, 시작과 마무리 등

소설과의 차이

'독자'(2)도 있고 '글'(3)도 있으나 '나'(1)가 없다. '나'라는 존재가 숨어 있을 수 있고 변형되어 나타나기도 하지만 있는 그대로의 '나'의 존재, 삶, 관점이 직접적으로 드러나지 않는다는 데에서 에세이와 명확한 차이가 있다.

일기와의 차이

'나'(1)는 역시 가장 중요하고 나름의 '글'(3)도 있다. 하지만 결정적으로 '독자'(2)가 없기에 '공감'(4)으로 갈 수가 없다. 에세이의 목적이자 도착점인 '공감'에서 독자와 만날 수가 없다는 데서 가장 중요한 차이점이 드러난다.

★ 4번 꼭짓점: 이 모든 것이 만나는 지점
   ─ 공감의 카타르시스

공감이란 무엇인가?

공감(共感)은 상대방 입장에 서서 상의의 경험한 바를 이해하거나 혹은 다른 사람의 입장에서 생각해 보는 행위이다. 공감의 종류에는 크게 인지적 공감(cognitive empathy), 감정적 공감(emotional empathy)을 주축으로 학자에 따라 여러 세부적인 분류가 존재한다.

1, 2, 3이 모두 완벽하다 할지라도 결국 그 셋의 조합이 하나의 지점에서 만나지 못한다면 좋은 에세이라 할 수가 없다. 바로 삼각형의 중심에 있는 4, 공감의 지점이다. 내 사적인 이야기에 타인을 끌어들이는 이유가 무엇인가. 그 궁극적인 목적은 결국 공감으로 이어지는 감정의 소통이다.

그런데 여기서 다시 한번 질문에 봉착한다. 과연 공감이 무엇인가 하는 것이다. 우리는 공감이 그저 나와 같은 경험, 마음, 생각에 대한 동의라고 착각하는 경우가 있다. 너무 뻔하고, 어쩌면 너무 특별한 나의 이야기에 과연 누가 공감할 수 있을까 하는 고민은 바로 그러한 착각에서 온다. 하지만 '공감'은 동의가 아니다. 또는 신기하거나 특별한 것, 나와 다른 데에서 오는 동경이나 호기심도 아니다. 비록 내가 경험해 보지 못한 일일지라도, 너무 다르거나 낯설다 하더라도, 글을 읽으면서 고개를 끄덕이고 글쓴이를 이해하게 되는 순간, '아 그럴 수도 있겠구나'라고 생각하게 되는 순간이 있다면 그것이 바로 문학적 공감이다. 인지적 공감은 '내가 알고 경험해 본 것', '내가 머리로 이해할 수 있는 것'에서 비롯될 수 있겠지만 우리가 에세이에서 기대하고 경험하는 공감은 나와 다른 상황이나 시대의 일일지라도 마음 깊은 데서 이해할 수 있는 감정적 공감이다.

'나'와 '타인'이 글 속에서 만나 '우리'가 되는 지점. 그것이 에세이에서의 공감이자 우리가 에세이를 쓰는 이유다.

③ 말하듯이 쓴다(나의 글투 정하기)

수다스럽거나 혹은 점잖거나

사람마다 다양한 말투가 있듯이 글에도 글투가 있다. 개개인마다 다른 문체가 지니는 특성이다. 책을 읽을 때 작가마다 문체의 차이, 혹은 같은 작가여도 작품에 따라 다른 문체가 사용된 것을 읽는 재미가 쏠쏠하다. 말투와 글투가 다른 사람도, 일치하는 사람도 있다. 나 같은 경우는 말투와 글투가 대부분 비슷하다. 그러나 늘 그런 것은 아니다.

수다스러운 나는 글을 쓸 때도 꽤 수다스러운 편이다. 조잘조잘 수선스럽게 친구와 대화하듯이 쓰는 에세이를 즐긴다. 쓰다 보면 저절로 그렇게 된다. 그러나 때때로 마치 정숙한 사대부가 여인네처럼 말을 아끼고 시 한 수 읊듯이 글을 쓸 때도 있다. 그럴 때는 내 안의 또 다른 내가 등장해 꽤나 진지하고 얌전하게 글을 쓰는 모드를 이어 간다. 비비언 고닉이 『상황과 글쓰기』에서 말한 '글 쓰는 페르소나'가 때마다 다르게 튀어나오는 것이다. 시인이나 작가들의 글을 읽을 때면 그들이 목소리와 말투를 변화시키며 글을 쓰는 것이 흥미롭게 느껴진다. 세월의 흐름에 따라 목소리와 말투가 변화하듯이 글투 또한 저절로 변하는 경우가 있고, 작가가 의도적으로 새로운 페르소나를 내세울 때도 있다. 목소리와 태도를 조절하고 변화시켜 가며 글을 쓰는 건 그 자체로 재미있지만, 내 안의 많은 페르소나 가운데 글에 가장 적합한 캐릭터의 목소리를 꺼내어 사용함으로써 더 좋은 글을 쓸 수도 있다.

수다스러운 글은 수다스러운 대로, 점잖은 글은 점잖은 대로 그 나름 대로의 매력이 있다. 글 한 편이 꼭 길어야 할 필요도, 짧아야 할 필요도 없다. 같은 시대의 책이라 해도 변영로 선생의 『명정 40년』처럼 유머와 재치가 가득하게 온갖 디테일을 이야기하며 써 내려가는 수필이 있는가 하면, 김용준 작가의 『근원수필』처럼 난 하나를 치듯이 여운이 가득한 시 같은 수필 책도 있다. '아무튼' 시리즈처럼 트렌디하고 즐거운 수다 콘셉트의 책이 있는가 하면 여전히 긴 호흡으로 문장 하나하나에 여운을 주는 문예지 당선 수필작도 있고 말이다. 그 무엇이 더 좋은 글이라고 누가 말할 수 있을까. 어떤 문체, 어떤 호흡이 더 좋다고 어떻게 말할 수 있을까. '나'를 드러내야 한다고 해서 꼭 한 가지 글투만 사용하란 법이 있나. 내 안에는 내가 너무도 많은데.

그러니 글을 쓰기 전에 오늘의 글투 곧 문체의 분

위기를 정해 보는 것도 좋다. 꼭 평상시 목소리로만, 내 실제 말투로만, 혹은 내가 편한 글투로만 써야 한다는 법이 어디 있나. 내 안에 있는 수많은 나 중 하나를 찾아 이런 저런 콘셉트로 목소리를 바꾸고 글투를 바꿔 가며 쓰는 것도 '에세이를 쓰는 즐거움' 중 하나다. 그 또한 '진짜 나'를 찾아 가는 과정의 하나이니 나도 몰랐던 나를 진하게 만나는 계기가 될 수 있지 않을까.

④ 형용사로 글쓰기   에세이는 형용사다

모든 기억은 정서로 남는다.

어느 정신과 의사의 책에서 본 글귀다. 그때 아! 하며 큰 깨달음을 얻었는데 나중에 알고 보니 정신과에서 학문의 기본적인 토대가 되는 이론 중 하나라고 했다. 5세 이전, 기억이 잘 남지 않는다는 영유

아에게도 기억은 중요하다는 것이다. 그 아이들에게도 모든 순간은 정확한 기억들 대신 정서로 남아 아이의 인생 전반에 걸쳐 영향을 끼친다는 것. 그것이 바로 이 말의 요지였다. 모든 기억이 결국 정서로 남듯, 기억은 사라져도 정서는 사라지지 않듯, 우리가 에세이에 쓰는 이야기도 결국 하나의 정서, 감동, 동감, 감정으로 남을 것이다. 그리고 그것이 곧 '형용사'다.

모든 에세이는 형용사에서 시작한다.
모든 에세이는 형용사로 남는다.

우리의 모든 순간을 꽉 짜면 감정으로, 결국 한 방울의 형용사로 떨어진다. 그 순간들이 글로 옮겨질 때 결국 하나의 감정, 하나의 형용사로 독자에게 전달되며, 독자 또한 그 정서를 통해 저자와 깊게 공감하는 카타르시스를 경험한다.

↘ 94쪽 *4번 꼭짓점: 이 모든 것이 만나는 지점 ─ 공감의 카타르시스

(행위/동사) – (감정/형용사)

여행하다 – 느끼다

달리다 – 자유롭다

먹다 – 그립다

만나다 – 아름답다

보다 – 두렵다

    ⋮

에피소드가 '행위/동사'의 영역이라면 그걸 통해 전달하고자 하는 바는 '감정/형용사'다. 내가 '겪은 일'(동사)에서 시작된 에세이는 글 속에서 형용사로 치환되고 범위를 넓혀 나간다.

형용사: 사람이나 사물의 성질이나 상태를 나타내는 품사.

내가 무엇을 '했고', '하며', '할 것이다'라는 행위(동사)로만 이루어진 글, 혹은 동사들 이면의 형용사를 독자에게 제대로 전달하지 못하는 글, 늘어놓은 동사를 형용사로 수습하지 못하는 글은 에세이가 아닌 그저 하나의 '에피소드'나 '다큐'가 될 것이다.

> "아사코와 나는 세 번 만났다."(피천득, 『인연』, 샘터, 2002)

참으로 유명한, 수필의 대명사와 같은 수필, 피천득의 『인연』 끝부분에 이런 문장이 나온다. 실제로 이 수필은 처음부터 끝까지 '아사코'와 '나'의 세 번의 만남에 대한 이야기이다. 그러나 담담하게 전달하는 세 번의 만남 이면에는 작가의 수많은, 세월과 인연에 대한 사색이 담겨 있다.

> "그리워하는데도 한 번 만나고는 못 만나게 되기도 하고, 일생을 못 잊으면서도 아니 만나고 살기도 한다."(피천득, 『인연』)

'만난' 이야기를 하고 있지만, 작가가 이 수필을 쓰기 시작한 계기는 아마도 다른 지점이었을 것이다. '만남이란, 사람의 인연이란 참으로 무상하구나/안타깝구나/슬프구나' 등의 형용사로 귀결되는 이야기, 그 마음을 보여 주기 위한 글이 바로 이 『인연』

의 글이었을 것이다. 그리고 그 형용사는 글을 읽은 독자에게 고스란히 전달된다. SNS를 볼 때, 동사로만 이루어진 게시글은 보는 이에게 지루함을 준다. 부러움도 찾아온다. 무엇을 샀고, 입었고, 보았고, 어디를 갔고, 누구를 만났다는 식의 글들이 넘치는 SNS는 온통 보여 주기로 가득하니 말이다. 그러한 글을 쓰는 사람은 아마 SNS 스타, 인플루언서까지는 될 수 있을 것이다. 그러나 가득한 동사 이면에 다양한 생각과 감정(형용사), 고민과 사색을 공유할 수 있는 사람이라면 진짜 팬들을 보유한 아티스트가 될 수도 있을지 모른다.

에세이 클럽에서는 '형용사' 과제를 나눈다. 일상에서 우리를 초 단위로 스쳐 지나가는 수많은 형용사 중의 하나를 잡아내어 그것을 글로 옮기는 과제다. 엄청나게 많은 형용사가 매 순간 우리를 관통하고 지나가지만 그것을 붙잡아 내기란 쉬운 일이 아니다. 그러나 미세한 흐름에 집중하여 이를 포착하고 글로 옮기는 작업은 수많은 글쓰기의 소재를 놓치지 않게 해 주는 훈련이 될 것이다.

형용사로 에세이 연습하기

1. 쓰고자 하는 이야기에서 내게 남겨진 정서는 무엇인가. 내게 기억될 감정은 무엇일까. 독자에게 전달하고자 하는 감정은 무엇일까. 어떤 형용사로 표현할 수 있을까 생각해 본다.

2. '독자/ 작가'가 만나는 지점이 곧 '공감'이고 에세이의 궁극적 목적이라면, 내가 쓰는 글의 '그 지점'에서 독자와 공유되는 형용사는 무엇일까 생각해 본다.

3. 형용사 자체를 섬세한 언어로 구현해 내는 글을 써 본다.

4. 하나의 형용사를 오래 곱씹어 보고, 그 단어와 연결된 나의 기억과 감정을 에세이로 표현해 본다.

5. 사전을 보며 내가 표현하고 싶은 바와 맞아떨어지는 새로운 형용사를 찾아본다.

⑤ 에세이, 작은 것에서 큰 것으로

사소한 것들로 글쓰기

한 알 씨앗에서 싹이 트고 가지가 뻗고 꽃이 피듯, '귀뚜라미'란 제목에서 시작해 세상의 가을을 향해 번져 나가는 글이라야지, 허턱 '가을'이라고 대담하게 제목을 붙였다가 '귀뚜라미'로 쫄아드는 글은 소담스럽지 못한 법이다.(이태준,『문장강화』)

처음 에세이를 쓰자 하면 마음이 무척 거창해진다. 인생의 사유를 담은 에세이를 쓰고 싶다. 지금껏 살아오며 깨달은 수많은 통찰들을 어떻게든 글에 담아내고 싶다. 인생의 굴곡으로만 따지자면 그 어떤 「인간극장」 출연자보다 못할 것 없고, 통찰로 보자면 이어령 선생 못지않게 깊은 깨달음을 얻었다 싶은 게 우리네 모두의 인생이다. 그것을 글에 담겠다는 포부가 거창하다. 하지만 정작 한두 꼭지를 쓰고 나면 내 진중한 사유는 이미 밑천이 다 떨어져 버리고 더 이상 뭘 써야 할지 모르겠다. 그 많던 내 인생의 스토리와 통찰은 다 어디로 가 버린 것일까.

에세이 클럽 과제 중 '사소한 것으로 글쓰기'가 있다. 개인적으로는 가장 중요하고 가장 기본적인 글쓰기 과제라고 여긴다. 아주 사소한 것, 가능한 한 더욱더 사소한 것들에서 시작하는 글을 쓰기. 여기서 '사소함'이란 물리적인 사소함이 아닌 일상적인 사소함이다. 물리적으로 큰 물건, 장소, 내상이라 할지라도 일상에서 지나치기 쉬운 사소함. 그것이 글을 시작하기에 좋은 지점이다. 크고 작음의 문제가 아니라 일상에서 주의를 기울이지 않았던 '그토록 사소하다고 느꼈던 존재', '사소한 줄 알았던 대상', '사소한 순간'으로 어떻게 좋은 에세이를 쓰느냐 하는 것이다. 실제로 에세이 클럽에서는 '주방 가위, 간장 종지, 몽당연필, 운동화, 양말'부터 시작해 일상에서 스쳐 지나가는 짧은 순간들, 예를 들어 '아침 등교를 준비하는 몇 분의 시간, 매일같이 하는 사소한 대화, 버스를 타고 집에 오는 순간'에 이르기까지 다양한 글감의 글들이 쏟아져 나왔다.

이 과제가 중요한 이유는 두 가지다. 첫째는 '관

찰'하는 연습을 위해서다. 지나치기 쉬운, 매일같이 지나치는 모든 사소한 것들이 글감이 될 수 있음을 인지하는 과정은 바로 '관찰'에서 시작한다. 한두 번의 관찰을 통해 글감을 붙잡기 시작하면 그 뒤로는 일상의 사소함들을 쉬이 넘겨 버리지 않게 된다.

둘째는 글쓰기에서 욕심을 버리는 연습을 하기 위해서다. '거창한 주제를 거창하게 쓰고 싶은 마음'을 진정시키기 위한 것이다. 하나의 글에 모든 에피소드와 모든 소재를 총출동시켜 내가 가진 밑천을 다 써 버리는 낭패를 당하지 않도록 만든다. 또한 아주 작은 것을 가지고 조곤조곤 이야기를 하다가 인생으로 확대되는 사유의 재미도 느껴 보자는 것이다. 사실 우리네 인생은 언제나 작은 것에서부터 시작한다. 작은 물건이나 사소한 감정과 오해들, 찰나의 말 한마디. 크고 거창한 사건이나 이념, 물건 등 때문에 일어나는 일들은 많지 않다.

예시 1)

지름은 6.5센티요. 고는 3.5센티라. 크기가 어찌나 아담한지 어른의 손아귀에 쏙 들어갈 만큼 자그만 그릇이 있으니 사람들은 이것을 종지라 부른다. 종지는 소꿉장난하는 계집애들이 가지고 놀면 딱 좋을 크기이다 보니 그릇이라고 버젓이 부르기는 아쉬웠을 것이다. 결국 간장을 주로 담았기에 간장 종지라 불렀을 것인데, 이 물건의 얼굴색은 달빛에 비친 숫처녀의 얼굴마냥 희고 고와서 명정월색(明淨月色)이다.

에세이 클럽 김경희 작가님의 글 「간장종지」의 일부이다. (에세이 클럽 이후 이 글이 실린 책이 '맛의 위로'라는 제목으로 출간되었다.) 간장종지에 대한 관찰과 묘사에서 시작한 글은, 돌아가신 시어머니에 대한 기억과 추억으로 옮겨 간다. 그리고 간장 종지로 인해 깨달은 삶의 진실과 사유를 어머님에 대한 그리움과 존경과 맞물려 마무리했다. 가장 작은 것에서 시작해서, 가장 큰 인생의 진실, 사랑을 담는 글로 확장해 갔다.

예시 2)

고까짓 것 껌 따위가 이렇게 감사하다니. 내가 할 수 있는 최선이 껌이라니. 그래도 해 줄 것이 생겼다는 사실에 행여라도 부정이 탈까 나는 겸손한 자세로 몸을 낮춘다. 이 껌은 절대 고까짓 것이 아닌 아주 중요한 열흘 만의 첫 목 넘김이니까.

(중략)

나는 제일 중요한 것이 무엇인지 안다. 종종 처음 그날을 생각한다. 울며 껌을 사러 돌아 다니던 그날 그 시간에 가 닿으면 모든 것이 사소해진다. 삶은 어차피 변하는 과정이다. 그 과정에서 우리는 가장 사소한 것들에 감사해하지 않으면 가장 불행한 사람이 된다. 오늘도 아들은 잘 먹고 잘 쌌다. 행복하다.

에세이 클럽 이윤경 님의 글이다. '고까짓 것 껌 따위'로 시작한다. 사소해도 사소해도 너무 사소한 껌 따위. 독자의 호기심을 사기에도 충분한 첫 문장이다. 사소한 껌은 자꾸 확장되어 아들의 상태와 연결된다. 열흘간 물도 마시지 못했던 아들에게 생의 욕구를 가져다준 다양한 맛의 껌. 여기에서 껌은 이미 그저 껌이 아니다. 그리고 마지막에 가서 '울며 껌을 사러 돌아다니던 그날 그 시간'의 기억에 비하면 삶의 모든 것은 사소해진다. '가장 사소한 것에 감사해하지 않으면 가장 불행한 사람이 된다'는 깨달음을 얻는다. 작가는 '인생에서 가장 중요한 것'이 무엇인지 알게 되는 통찰에 이른다. 마지막 문장이 얼마나 명쾌한가. 가장 사소한 '잘 먹고 잘 싸는 행위'가 가장 중요한 '행복'과 직결된다.

수강생들의 글을 보며 나도 글을 쓸 때마다 혹시 내 글이 거창하게 '가을'에서 시작해서 '귀뚜라미'로 쪼그라드는 글이 아닌지 부쩍 신경을 쓰곤 한다. 일상의 사소한 진실을 발견하기 위해 안테나를 바짝 세운다. 내 옆에 있는 컵 하나, 펜 하나, 반찬 하나. 가족과 나눈 말 한마디. 스쳐 갔던 순간의 감정. 사소한 시선 하나가 우리네 인생의 진한 통찰을 담고 있는 건 아닌지 오래 바라보고 깊이 생각한다. 찰나의 한순간이 그 어느 거창한 철학보다 더 깊은 공감을 자아내는 글로 나아갈 수 있을 테니.

작은 것들을 찾자. 작은 순간을 포착하자. 작은 감정을 기억하자. 그리고 세상을 담는 글로 확장하자. 당신의 통찰은 작은 것들 안에 차고 넘치도록 담길 것이다.

⑥ 순간을 영원처럼(묘사하기)

에세이에서도 소설 못지않게 묘사가 중요할 때가 많다. 묘사가 잘된 글은 독자를 그 상황으로 단숨에 끌고 들어갈 수 있으므로 자연스럽게 흥미를 이끌어 낸다. 뿐만 아니라 묘사는 글 전체의 흐름과 구성에도 중요한 역할을 한다.

> 묘사: 사물의 '어떠함'을 그리는 것, 또는 인물이나 상황, 행동, 심리 등을 그리는 것.

즉 '그리는 것'이 묘사다. 글로 그림을 그리는 것. 그래서 '묘사'를 위한 첫 번째 단계는 '관찰'이다. 그리려면 일단 관찰을 해야 한다. '멈추고 관찰하기/관찰한 것을 인식하기/인식한 것을 묘사하기'의 과정을 밟아야 한다.

그런데 에세이에서는 소설과 달리 길고 장황한 장면의 묘사를 필요로 하는 경우가 많지 않다. 소설에 비해 글 자체의 길이도 짧으므로 '보여 주기'만으로 끌고 가면 전체적인 균형이 깨질 수도 있다. 그래서 어떤 특별한 순간이나 장면에 대한 묘사를 짧고 인상적으로 하는 것이 좋다. 어떤 장면에서 어떤 상황을 '묘사'로 표현할 것인가를 작가는 '선택'해야 한다. 여기에서도 '디테일과 TMI'(123쪽)의 문제가 등장하는데, 모든 장면을 애써 다 보여 주려 하면 묘사는 TMI가 되고 독자는 피로해진다. 어떤 순간을 어떻게 독자에게 제시하는 것이 가장 효과적인 전달이 될 것인지를 작가가 선택해야 한다. 그리고 그 부분에 대해서만큼은 가장 좋은 방법으로 묘사한다.

연습 과정으로 제시하는 것 중 하나가 '순간을 영원처럼' 묘사하기인데, 이미 지나가 버린 짧은 순간을 머릿속에 '정지'시켜 놓고 충분히 관찰한 후 묘사하는 연습이다. 아주 짧은 순간의 장면을 묘사하는 것으로 시작한다. 그 순간 동안 일어나는 상황과, 동시에 감정에 대한 묘사가 함께 들어가야 한다.

순간을 영원처럼 묘사 연습

1. 묘사하고자 하는 장면을 충분히 생각하고 눈앞에 자세히 그려 낸다.

2. 눈앞의 상황, 장면을 제3자가 되어 객관적으로 바라본다. 배경은 어떠한지, 어떤 사건이 어떻게 이루어지는지 파악한다.

3. 내가 바라보는 인물(나)의 심리와 배경 상황이 시시각각 어떻게 변화하고 있는지 인지한다.

4. 충분히 상황을 파악했다면, '상황'과 '감정'을 글로 표현한다.

즉 1, 2, 3번은 머릿속의 작업이다. '생각-관찰-인지'를 머릿속에서 마친 후 글로 써 내는 것이다. 백지에 '들이대듯이' 글을 쓰는 대신 머릿속 관찰과 인지를 통해 충분히 상황을 파악하고 그려 내는 과정이다. 세세한 묘사가 무조건 좋은 글의 정답이 될수는 없지만, 디테일이 살아 있는 묘사를 가진 글은 좋은 글의 충분조건이 된다. 나만 아는 장면, 나만 아는 상황에서 끝나면 독자를 끌어당기는 힘은 약해지고 독자는 상상을 멈춰 버린다.

에세이 클럽에서 나왔던 '순간들'의 예시

- ‣ 시어머님께 받은 장어로 탕을 끓이려다 장어가 냄비에서 튀어나와 겪은 십여 분의 혼돈.

- ‣ 놀이공원에서 아이가 없어졌던 잠깐의 시간. 그때의 악몽.

- ‣ 처음 반려동물을 만났던 때의 신비로웠던 순간.

- ‣ 여름 장마가 쏟아졌던 날의 기억.

- ‣ 여행지에서 핸드폰을 잃어버리고 머리가 하얘졌던 기억.

- ‣ 캠핑에 가서 불멍하던 때의 기억.

⑦ 첫머리와 끝머리

에세이를 막 쓰기 시작하는 이들이 공통적으로 어려움을 겪는 부분들이 있는데 그중 하나가 바로 '첫머리'와 '마무리'이다.

"첫 문장과 마무리 문장 가운데 더 힘든 부분이

어디일까요?"라는 질문을 던지면 보통은 반반씩 손을 든다. 하지만 실제로 글을 읽다 보면 마무리에서 더 많이 헤매는 경향을 볼 수 있다. 첫 문장에서 애를 썼다 하더라도 일단 시작된 글은 어떻게든 굴러가기 마련이다. 그러나 엉뚱한 마무리는 읽는 이의 고개를 갸우뚱하게, 가슴을 답답하게 한다. 잘 굴러왔는데 마무리가 왜 이래 하면서 실망하게 된다. 이왕이면 시작도 호기롭고 재밌게, 이왕이면 마무리도 깔끔하게 끝내고 싶은 것은 모든 글을 쓰는 자의 공통적인 바람일 텐데 참으로 쉽지가 않다. 누군들 김훈 작가처럼 명문장으로 시작을 하고 싶지 않을까. 누군들 박완서 작가처럼 마음을 따뜻하게 해 주는 마무리 문장을 살포시 내려놓고 싶지 않을까. 그것도 아니면 트렌디한 요즘 에세이 작가들처럼 통통 튀는 문장으로 포문을 열고 싶지 않을까. 찌릿찌릿하게 눈물 나는 마지막 한 방을 날리고 싶지 않을까. 그러나 일단 욕심은 금물이다. 욕심 부리다가 한두 번 망해 본 게 아니다. 아니, 주로 망하는 것 같다. 그러니 욕심을 버리고 담백하게, '기본'에 충실하는 게 좋다.

  ★ 시작도, 마무리도, 결국 '코어의 힘'에서 나온다

사실 첫 문장, 마무리의 힘은 그 문장이나 문단 자체의 문제라기보다는 '글 전체 구조'의 힘에서 나올 때가 많다. 말하자면 시작 또는 마무리를 살짝 수정해서 개선할 수 있는 글은 그 자체로 이미 성공적이다. 글 자체에 문제가 있을 경우 시작과 마무리를 고친다고 글의 틀어진 구조가 돌아오지는 않기 때문이다. 글 전체에 수정을 가해야 한다. 글을 우리 몸이라고 생각해 본다면, 예를 들어 바디프로필을 찍겠다는 목표로 몸을 관리해야 할 때 우리는 코어 근육을 중심으로 전신을 단련한다. 나는 팔에 살이 많으니까 '팔뚝 살만 빼고 싶다'든가 '허리 라인'만 잡고 싶다라는 건 불가능하다. 전체를 다듬으면서 부분을 함께 매만져야 비로소 균형 잡힌 라인이 살아나기 때문이다. 탄탄한 코어를 갖춘 글에서 글의 첫머리나 마무리는 그렇게 중요하지 않다. 독자는 글을 전체적으로 받아들이므로 첫 문장이나 마무리 문장이 약간 어색하거나 꼭 좋은 문장이 아니더라도 크게 영향을 끼치지 않는다. 그래서 결국 코어, 즉 전신의 골격이 중요하다.

* 글머리

보통 작가들은 '첫 문장에서부터 모든 게 결정된다'라는 말을 많이 한다. 마치 노래 경연 대회에서 첫 소절만 들으면 그 실력을 바로 짐작할 수 있듯이. 그렇기에 첫 문장에서부터 설렘과 호기심을 불러일으키려는 부담감을 안고 시작하게 된다. 물론 그럴 수 있다면 가장 좋다. 하지만 대체로 좋은 것은 '평범하게' 시작하는 것이다.

여기서 '평범하게' 하라는 말은 대충 시작하라는 게 아니라, 전체 글의 전모를 느낀 후에 글을 시작하면 첫머리도 자연스럽게 흘러나온다는 것이다. 마음속에 전모를 갖추지 않고 백지에서 첫머리를 마주하면 어디에서 어떻게 시작을 해야 글이 잘 흘러 나가게 될지 고민될 수밖에 없다. 어디서 시작을 하느냐에 따라 글 전체가 달라질 것임을 쓰는 이 자신이 이미 알기 때문이다. 그러나 글의 전모를 마음에 품은 뒤에 시작되는 첫머리는 이미 몸통이 정해져 있기에 두려울 게 없다. 어디에서 시작해도 나의 몸통으로 가는 하나의 길이 될 뿐이다. 그러니 그저 무난하게 시작하면 된다. 첫 문장이 딱히 마음에 들지 않으면 다 쓴 후에 돌아와서 살짝 손보면 될 테니까. 약간의 설렘과 호기심을 가미해서 말이다.

　＊ 마무리

'마지막 문장'이 어렵다는 것과 '마무리'가 어렵다는 것은 약간 다르다. 마지막 문장에서 막힌 것은 여운을 남기는 결정적인 한 문장, 한 마디의 아쉬움이 있다는 것이다. 하지만 마무리에서 아쉬움이 느껴지는 글은 마치 척추측만증이 있는 뼈대와 같이 제대로 중심을 잡지 못하고 휘어진, 방향이 틀어진 글이다. 여기에서 중요한 것은 바로 앞에서 말한 바와 같이 '중심'이다. 아쉬움은 내가 쓰고자 하는 이야기가 무엇이었는지 그 중심을 잃어버린 탓이다.

단어 하나에서 시작해 동네방네 온갖 세계를 다 돌아다닐 수 있는 것이 에세이의 자유로움이다. 그러나 그렇게 전 세계, 별 이야기를 다 돌아다니다가도 내가 처음에 쓰고자 했던 그 주제, 내가 '왜 썼는지'로 다시 돌아오는 게 뼈대이자 중심이다. 코어 근육이다. 여운이 남는 마무리. 강렬한 마지막 문장을 고민하기 전에 내가 제자리로 와 있는가를 생각해야 한다. 제자리로 돌아와서 '그 경로와 한계선' 안에서 마무리를 하고 있는지를 확인하는 것. 그것이 마무리의 '정도'이다.

뼈대가 잘 잡힌 글, 단단한 마무리. 그 이후에 한 스푼 더 얹을 마무리의 '표현'을 고민한다면 다음을 유념하자. 진정으로 훌륭한 결말은 단순한 형식적 결론을 넘어서서, 글의 내용을 온전히 마무리하는 동시에 독자의 마음속에 여운을 남기는 예술적 순간과도 같아야 한다. 마치 그림의 마지막 붓놀림처럼, 작품 전체에 생동감을 불어넣고 독자의 상상력을 자극하는 독특한 매력을 지녀야 하는 것이다. 신비로운 여운, 번쩍이는 통찰력, 그리고 색다른 감동을 선사하는 것이 바로 뛰어난 글의 마지막 조건이다. 이러한 결말은 독자에게 지적이고 감성적인 여운을 남기며 작품의 본질을 더욱 깊게 새기게 하는 힘이 있다.

첫머리와 끝머리를 위한 글쓰기 연습

1. 잘 쓰인 에세이집 한 권을 선택한다.
2. 제목 - 첫 문장 - 끝 문장을 필사한다.
3. 제목 - 첫 문단 - 끝 문단을 필사한다.
4. 제목 - 글의 주제 - 첫 문단의 중심 내용 - 마지막 문단의 중심 내용을 정리한다.

⑧ 구성의 중요성

★ 뼈대의 힘

흔히 에세이는 구성이 없는 글이라고 생각한다. 수필의 정의에 있는 '형식에 구애되지 않고'라든가 '자유롭게 쓰는 글' 같은 표현들 때문이다. 사실 에세이에 구성이 없다는 말은 맞기도 하고 틀리기도 하다. 일정하게 정해진 형식을 따라야 할 필요가 없으니 맞기도 하고, 그래도 구성이나 형식이라고 말할 수밖에 없는 게 또 있으니 틀리기도 하다.

생각 나는 대로 이야기를 술술 풀어 가면 되지만 한편으론 뼈대의 힘, 코어의 힘이 없으면 결국 무너지고 마는 게 또 에세이다. 그냥 의식의 흐름대로 적은 끄적임이 되느냐 에세이가 되느냐는 결국 그 뼈대의 힘에 있으니 이게 구성이 아니고 무엇이겠는가. 앞에서도 말한 것처럼 '마무리'를 써 내는 힘, 이야기를 처음부터 끝까지 하나의 힘으로 몰고 가는 것도 결국 코어의 힘, 구성의 힘이다. 그렇다고 해서

복잡한 몇 단 구성이나 형식이 필요하다는 건 아니지만 내가 하고자 하는 이야기를 일정한 움직임 안에서 끌고 가는 힘은 필요하다. 그것이 구성이다.

★ 구성의 삼각형(하이라이트를 기억하자)

절정(하이라이트)

처음   끝

글의 구성은 다양하다. 2단 구성, 3단 구성, 4단 구성, 5단 구성, 하다못해 20단 구성인들 못 만들까. 일반적으로 가장 많이 쓰이는 글의 구성은 3단 구성이다. 4, 5, 6, 7단 구성으로 얼마나 구성이 디테일해지든지 간에 '처음 - 중간 - 끝'의 기본적 틀을 갖고 있다. 이런 것들을 굳이 기억하고 의식적으로 적용할 필요는 없지만 다음 한 가지는 기억하는 게 좋다.

대부분의 글에는 위 삼각형에서 가운데 꼭짓점에 해당하는 부분이 존재한다. 소설적 구성으로 치면 '절정'이고 쉽게 말하자면 하이라이트다. 반드시 가운데에 있어야 한다는 법은 없지만 소설이든 에세이든 구성을 갖춘 글이라면 절정이 있게 마련이다.

에세이에서 하이라이트는 사건의 절정일 수도 있고, 감정이 폭발하는 부분일 수도 있지만 어찌 되었건 독자와 작가가 만나며 공감의 카타르시스를 일으키는 지점이다. 그 부분을 인식하고 쓰든 그렇지 않든, 독자는 어느 지점에선가 에세이의 하이라이트를 느낀다. 작가가 독자의 입장에서 느껴 보는 것. 어느 곳이 과연 작가와 독자가 감정의 손뼉을 마주치는 부분인지 생각하며 글을 써 보는 것은 좋은 방법이다.

나카무라 구니오가 쓴 『하루키는 이렇게 쓴다』라는
책에서는 무라카미 하루키의 글의 특징을 33개의
작법으로 정리해 놓았다. 그 가운데 디테일에 해당
하는 부분을 골라 보자면 다음과 같다.

4. 구체적인 '연도'를 쓴다.

8. '일상의 작은 일과 시간에 의식을 집중하는 생활'을 묘사한다.

9. '장소'에 대해 상세하게 묘사한다.

19. 구체적인 숫자를 사용한다.

20. 나이를 구체적으로 표시한다.

21. 기묘한 음식(음식 먹는 방법)이 등장한다.

22. 음식에 비유한다.

23. 술의 종류에 대해서 아주 자세하게 묘사한다.

24. 몇 번째인지에 대해 묘사한다.

(물론 이것은 소설 혹은 여행기, 에세이 등을 모두 포함한 것이다.)

위와 같은 디테일들 때문인지 하루키의 글을 읽

을 때면 나도 모르게 이런 정보들을 기대하게 되고 멈추어 상상력을 작동시키곤 한다. 하루키가 글에서 술이 몇 년도산인지, 음식 먹는 방법이라든가 차의 종류가 무엇인지에 대해 묘사하지 않는다고 해서 내용에 크게 지장이 있을까? 그렇지는 않다. 몰라도 하등 지장 없는 정보일 경우가 많다. 그런데 막상 없으면 심심하고 아쉽다. 뭔가 느낌이 살지 않는다.

> 마라톤을 끝낸 뒤, 결승점 근처의 코플리 플라자 안에 있는, 보스턴에서 가장 유명한 시푸드 레스토랑인 '리갈 시푸드'로 갔다. 거기서 진하고 따뜻한 클램 차우더를 먹고, 스팀드 리틀넥(뉴잉글랜드 지방에서만 잡히는 조개로, 내가 좋아하는 음식)을 먹고, 시푸드 믹스트 프라이를 먹었다(무라카미 하루키, 「불완전한 영혼을 위한 스포츠로서의 마라톤 풀코스」, 『이렇게 작지만 확실한 행복』, 김진욱 옮김, 문학사상, 2024).

위 문장에서 하루키가 마라톤을 끝낸 뒤 어떤 식당에서, 어떤 메뉴를 먹었는지 이렇게 자세히 알아야 할 필요가 있을까? '있다 VS 없다'로 말하자면 '없다'. 그냥 '식사를 했다'라고 써도 별 문제가 없다. 그러나 이 부분은 글의 분위기를 살리고 뒤에 나올 장면의 인상을 미리 세팅해 준다. 하루키가 마라톤을 끝내고 어디에서 어떤 음식을 먹었는지를 구체적으로 상상하면서 독자는 색다른 즐거움을 느낀다. 마치 그냥 먹어도 맛있을 음식에 참기름 한 방울, 후추 한 꼬집을 가미했을 때와 같다고 할까.

★ 디테일은 중요하다

우리 일상에서도 디테일은 중요하다. 줌으로 에세이 수업을 할 때 누군가가 머리띠나 목에 두르는 스카프를 하고 나타나면 화면이 갑자기 화사해진다. 입술에 붉은 색을 더한 누군가만 있어도 화면에 빛이 난다. 대부분은 줌 수업을 할 때 집에서 입는 편안한 옷차림에 물이나 커피 한 잔 정도를 들고 나타난다. 마치 에세이를 읽듯 편안하고 사랑스러운 모양새다. 그런데 그 편안한 화면에 누군가 깜찍한 디테일을 더한 날이면 화면 전체가 반짝이는 효과가

난다. 만약 전부 화려한 꽃 장식을 했다던가, 전부 형광색 옷을 입고 나타났다면 그렇지 않았을 것이다. 눈이 피로했을지도 모른다. 여기에서 디테일과 TMI의 차이가 나타난다. 디테일이 넘치면 TMI가 된다. 문자 그대로 too much다. 글에서도 마찬가지다. 독자가 원했던 건 디테일이지 TMI가 아니다.

* 독자에게 모든 정보를 알려야 한다는
  강박관념 버리기

처음 에세이를 쓰다 보면 '독자가 이 정보는 꼭 알아야 할 것 같은데…' 하며 쓸까 말까 망설임에 시달린다. 내가 이야기하고 있는 주제의 모든 배경, 모든 인물의 사연, 주변 환경까지 다 알려 줘야지만 내 이야기를 제대로 전달될 것만 같다는 불안함. 슬쩍 지나가는 인물의 한마디조차, 왜 그런 말을 했는지 그 배경을 다 이야기해 줘야만 할 것 같은 강박관념. 그때 내 상태, 내가 본 것, 내가 느낀 것들을 다 알려 주지 않으면 몹시 불안하다. 글이 너무 길어질까 봐 빼고 빼도 남겨 둬야 할 것 같은 정보들이 넘친다.

　그렇다면 독자는 어떨까? 이야기를 읽어 나가야 하는데 작가가 자꾸만 이 정보 저 정보, 나를 붙잡고 앞으로 못 가게 주저리주저리 설명한다면 그 글이 잘 읽힐까? 누군가와 대화를 나눌 때 '부연 설명'을 하느라 이야기가 샛길로 자주 빠지는 사람들이 있다(샛길로 갔다가 금방 잘 되돌아오는 사람도 있긴 있다만). 그런데 자꾸 부연 설명을 하려다 보니 정작 중심 줄기가 되는 사건은 진도가 잘 나가지 않는다. 진짜 중요한 부분에 가서는 이미 힘이 빠진 상태다. 웃을 준비를 하고 기다렸는데 본론이 나올 때쯤 준비했던 웃음은 사라져 버렸다. 빵 터져야 할 순간은 이미 바람이 빠졌다. 혹은 가지가 무성히 자라난 이야기들이 엄청 중요한 건 줄 알고 공감할 준비를 했는데 알고 보니 없어도 하등 상관없는 이야기였다. 이쪽저쪽에서 힘을 뺐으니 결론에 가서는 흥미가 사라져 버린 것이다.

글도 마찬가지다. 나로선 '중요한 정보'일지도 모른다고 생각하면서 자꾸 멈칫거리는 순간들. 가지를 뻗는 에피소드들. 그것은 디테일이 아니라 TMI다. 독자는 무슨 '중요한 복선'이라도 되는 줄 알고 몇 번씩 멈추고 쓸데없는 정보에 감정을 쏟아 버린다. 그럴 때 글 전체는 하이라이트에 가기도 전에 이미 긴장이 빠져 버린다.

디테일과 TMI의 공통점

‣ 독자가 꼭 알 필요는 없다.

‣ 내용의 흐름과는 큰 상관이 없다.

‣ 몰라도 내용을 이해할 수 있다.

‣ 둘 다 너무 많으면 안 된다.

디테일과 TMI의 차이점

‣ TMI가 많을 때, 독자는 처음엔 복선인 줄 알고 열심히 읽다가 나중에 힘이 빠진다. 디테일이 적당히 있으면 읽는 즐거움이 있다.

‣ TMI는 글을 혼란스럽게 한다. 디테일은 글에 생기를 주고 상상력을 불러일으킨다.

- TMI가 한두 개라면, 게다가 재밌거나 독특하다면 때론 디테일이 되고, 디테일이 아무리 재밌거나 인상적이라 해도 많거나 과해지면 TMI가 된다.

- TMI를 옷으로 표현하자면, 위부터 아래까지 과한 색상, 화려한 무늬의 옷. 머리부터 발끝까지 힘을 준 패션. 디테일은 슬쩍 걸친 스카프 하나, 블랙 의상에 화려한 하이힐, 호피무늬 핸드백 같은 포인트.

결국 글의 세련됨과 촌스러움을 결정하는 것은 디테일이다. 딱 적당한 선에서 멈춰야지 세련된 글이 된다. 아무리 화려한 기교도, 배꼽 잡는 유머도, 작가 입장에서 중요한 정보도, 많아지면 독자를 피로하게 한다. 하물며 글에 상관없는 곁가지 정보라면, 그게 한두 번을 지나쳐 반복된다면 독자는 끝까지 읽는 것을 포기할지도 모른다.

디테일과 TMI 파악하는 연습

1. 좋은 에세이 작품을 읽으면서 디테일을 찾아보기.

2. 자신의 글을 읽으면서 내가 TMI에 매달리고 있는건 아닌지 생각해 보기.

3. 모르겠을 때는 전부 삭제하고 한두 개만 남겨 보기. (그러면 디
테일이 될 확률이 높아진다. 언제나 과한 것보단 모자라는 게 낫다.)

⑩ 메시지는 교훈이 아니다

어릴 적 일기장을 쓸 때 마지막 문장에서 언제나 '반
성의 덫'에 걸리고 말았던 기억, 모두에게 있지 않을
까? 일기의 형식은 언제나 2단. '오늘 한 일+반성과
메시지'. 그래 봤자 '내일은 열심히 공부해야겠다',
'내일은 친구와 싸우지 않겠다', '내일은 선생님 말
씀을 잘 들어야겠다' 정도의 반복이지만. 아무튼 그
때부터 시작된 반성과 교훈의 덫은 우리를 평생 잡
고 놔주지 않는다. 마무리는 늘 교훈적이고 윤리적
이어야 하며, 오늘의 반성과 내일에 대한 다짐이 있
어야 그럴듯한 끝이 될 수 있다는 강박관념.

그 강박관념은 오늘날까지 이어져 내가 쓴 에세
이에도 삶의 대단한 깨달음이 있어야 한다는, 반드

시 '오늘의 메시지'를 전달하고야 말겠다는 생각들이 여지껏 우리의 발목을 잡는다. 과연 우리의 일기에는 반성과 다짐이 꼭 필요했을까? 교훈적이고 윤리적이었어야만 했을까? 앞서 '나의 일기장'에서도 언급했지만 나는 그렇게 일기를 쓰게 한 모든 초등학교 선생님들에게 깊은 유감을 표한다. 왜 일기에서 우리는 그저 지쳐 힘든 채 끝낼 수 없었고, 실컷 놀던 이야기로 끝낼 수 없었으며, 아프고 괴로운 채, 친구나 선생님을 미워한 채 끝낼 수 없었을까. 일기를 그렇게 끝낼 수 없었기에 지금도 에세이를 그냥 끝낼 수가 없다. 윤리적·교훈적 메시지 없이, 그게 아니라면 적어도 즐겁고 화목한 마무리 없이 끝내기엔 우리의 마음이 편하지가 않다. 어떻게든 무언가를 끄집어내어 독자에게 메시지를 주려 한다.

물론 메시지가 필요 없다는 말이 아니다. 읽고 나서 아무것도 남지 않는 글, 내 안에 남는 것 하나 없는 글은 빈 깡통과 마찬가지다. 하지만 그 메시지가 무엇이냐에 차이가 있다. 굳이 딱 떨어지는 메시지가 아니라 할지라도 괜찮다. 작가가 글로써 전하고자 하는 '그 어떤 것', 그것이 진한 감정이라면 그 자체로 족하다. 작가와 독자의 감정이 맞아 떨어지는 포인트. 독자가 글을 읽으면서 작가의 감정을 잘 전달받는다면 그 지점 자체가 이미 충분한 메시지다.

⑪ 단락과 단락, 문장과 문장, 장면 전환

'현재 – 과거 – 현재', '과거 – 대과거 – 과거'와 같은 시제 전환, '현실 – 상상 – 현실', '내 이야기 – 다른 이의 이야기 – 내 이야기'와 같은 장면 전환.

장면이 변할 때면 갑자기 글이 뻣뻣한 관절처럼 삐걱댈 때가 있다. 그 첫 번째 이유는 독자가 '이게 뭐지?' 하며 잘 이해할 수 없는 상황 때문이고 두 번째 이유는 바뀐 상황을 독자가 '지나치게 잘' 알아차리기 때문이다. 다시 말해, 장면이 변했다는 안내를 제대로 안 해도 문제, 너무 잘 해도 문제다. 전자는 작가 자신만 알고 독자는 모르는, 안내가 제대로 되지 않은 상황이며, 후자는 '자, 이제부터 과거로 가보겠다'라는 의식적인 선전포고 때문에 발생한다.

장면 전환에서의 핵심은 독자가 눈치 채지 못하는 사이 독자를 새로운 자리로 이동시키는 것이다. 세련되고 부드럽게 새로운 장면에서 이야기를 연결해 나갈 수 있도록 해 주는 것. 방법은 여러가지다. 접속어나 부사 등을 적절하게 이용하는 방법('한편', '사실은', '그때는' 등), 시간이나 장소를 가리키며 주의를 환기시키는 방법('1947년이었다', '서울에서의 일이었다' 등), 또는 이런 장치 없이도 자연스럽게 이동하는 방법. 다만 여기에서 '자, 이제부터 이 이야기를 해 보려고 한다'라든가 '그래서 이번에는 그곳에서의 일이었다'라든가 하는 지나친 안내식 전환은 특별한 경우가 아니라면 피하는 게 좋다. 구렁이 담 넘어가듯 스리슬쩍 독자를 옮겨 놓아야 독자가 더 몰입할 수 있는 법이다.

⑫ 결국은 문장이다

이제 구조도 제법 갖추고 전달하고자 하는 메시지도 확실하고 디테일도 매력적인 글을 쓸 수 있는가. 그렇다면 마지막은 결국 문장이다. 글이 흘러가듯 술술 읽힌다는 것은 일단 주제와 구성 면에서 기본을 갖췄다는 소리다. 그 다음으로 독자를 머무를 수 있게 하는 것들은 부드럽고 깔끔한 문장, 작가의 사유와 통찰을 담은 깊은 문장, 섬세한 묘사의 문장이다. 문법적 오류가 없는 문장은 기본이다. 그리고 이 중 제일은 평이하고 깔끔한 문장이다.

글을 쓰다 보면 자꾸 욕심이 나서 수식이 많고 화려한 문장을 남발하는 경우가 있다. 그럴수록 문장은 점점 길어진다. 그러다 보니 주술호응이 안 되고, 처음에 쓰려던 문장의 핵심은 모호해지고, 갈 곳을 잃은 수식어구만 남는다. 무조건 '짧은 문장'이 좋다고 할 수는 없다. 문장은 짧아야 할 때가 있고 길어야 할 때가 있다. 하지만 문장이 길어서 문제가 발생하는 것보다는 끊어서 짧게 쓰는 편이 훨씬 좋다. 초보 에세이스트일수록 스스로의 문장을 연습하기 위해서 더욱 그렇게 해야 한다.

3장

위기를 만나면
에세이, 나를 어디까지 드러내야 할까

1. 솔직함은 최고의 무기다

누구에게나 수필은 심적 나체다.(이태준,『문장강화』)

"이 글을 블로그에 공개해도 될까요?"

"도대체 어디까지 솔직하게 써야 할까요?"

"글 쓸 때 공개의 두려움은 없었나요?"

"우리 가족이나 시댁 식구들이 이 글을 보면 어떻게 생각할까요?"

"다른 사람들이 저를 이상한 사람이라고 생각하

지 않을까요?"

"수필은 솔직한 글이라는데, 제 모든 이야기를 공개해야 할까요?"

예상 외로 에세이 클럽을 진행하면서 가장 많이 받은 질문은 '글을 잘 쓰는 법' 같은 게 아니라 바로 이런 것들이었다. 솔직함에 대한 두려움. 공개에 대한 두려움.

많은 이들이 글을 쓰는 순간 자신도 몰랐던 내 안의 내가 둑이 터지듯 쏟아져 나오는 경험을 한다. 일단 터진 둑의 물은 다시 가둘 수가 없다. 가두려면 쏟아 내는 것 이상의 고통과 인내가 필요하다. 하지만 쏟아 내는 과정 역시 쉬울 리 없다. 나 자신의 감정적인 문제 말고도, '나'의 이야기라는 게 결국 주변과 다 연결되어 있기 때문에 가족, 친구, 지인 등을 이리저리 신경 쓰게 되는 어려움이 있다. 그럼에도 불구하고 '쓰지 않을 수 없는' 깊은 갈망을 느끼며 써 내려가는 이들. 이들이 바로 에세이스트다. 글을 쓰고자 하는 마음. 글을 써서 감정을 해소

하고 승화시키며, 현재를 바라보고 더 나은 삶을 꿈꾸는 것은 그 누구도 막을 수 없는 열망이자 권리이다. 그렇다고 해서 함부로 말할 수는 없다.

"그냥 무조건 쓰세요."

"다 공개하세요."

"당신의 글 때문에 상처받을 이가 있어도 신경 쓰지 마세요."

"부끄러워도 괜찮아요. 일단 공개하세요."

어떻게 이리 말할 수 있을까.

'보통의 작가들은 자신의 글로 인해 상처받을 사람이 있을까 봐 망설여질 때, 일단 쓴다'라고 하는 것을 읽은 적이 있다. 하지만 자기 자신의 경우가 되고 보면 그 어떤 작가 정신이고 용기고 간에 망설여지는 게 사실이다.

글을 공개할 때 느끼는 세 가지 두려움

글을 세상에 내놓을 때 맞닥뜨리는 첫 번째 두려움은 글쓴이가 자기 자신을 향해 느끼는 부끄러움이다. 나 스스로에게 부끄러우니 세상을 향해 내놓기는 더 어렵다. 아직 나 자신과 화해하지 않았거나, 자신과의 합의가 이루어지지 않은 상태에서의 글은 세상에 드러내는 데 있어 내적인 고통을 동반한다. 두 번째는 이야기에 직간접적으로 관련된 주변 사람들의 반응에 대한 두려움이다. 글 속에 직접적으로 등장하는 지인이나 가족들의 비난과 비판. 보통 이 경우에 공개를 가장 힘들어한다. 실제로 대중의 좋은 반응을 이끌어 낸 에세이 중에서도 가족들의 신랄한 비난에 부딪히고 고소까지 당한 사례가 있다. 그리고 세 번째로는 내가 쓰고자 하는 글에 담긴 사상이나 생각이 사회의 일반적인 가치관이나 관습에 부딪힐 때 느끼는 두려움이다.

이런 두려움을 극복하고 글을 쓴다는 건 엄청난

용기를 필요로 하는 일이다. 때론 용기 이상의 용기, 즉 두려움이 없는 상태가 아니라, 두려움과 공존하면서도 그것을 넘어서는 진정한 용기가 필요하다. 그게 힘들어서 '소설'이라는 장르로 이동하는 사람들도 종종 있지만 짧고 묵직한 에세이 속에 담긴 '있는 그대로의 이야기'는 때론 소설이 대체할 수 없는 진짜 감동을 선사한다. 쓰는 사람 또한 두려움을 이겨 내어 나를 오픈하고 내 이야기를 독자에게 던졌을 때 느끼는 감동과 쾌감이 있다. 다만 거기까지 가기에는 넘어야 할 장애물이 높고도 많다. 넘어서기가 쉽지 않아 장애물 앞에서 그냥 되돌아가기를 선택하기도 한다. 개인적 비밀을 공개한 글, 지인들과 관계된 상처나 회한의 글, 내 생각이 사회의 일반적 가치와 충돌할 때의 글. 전심을 다해 써 내려갔다 하더라도 세상에 공개하는 것은 또 다른 문제다. 물론 우리가 엄청나게 유명한 작가라서, 공개만 하면 모든 세상 사람들이 다 우리의 글을 읽고 반응할 것이라고 생각하진 않는다. 그러나 극소수의 사람만 알게 된다 하더라도 글을 공개할 때 두려운 마음이 드는 것은 변함없다. (실제로 많은 분들이 블로그에 '전체 공개'로 글을 포스팅하는 것만으로도 수백 번 고민을 할 때가 있다는 것을 알았다.)

첫 번째 두려움, 나 자신에 대한 부끄러움이 남아 있는 글에는 시간이 필요하다. 아직 나조차와도 화해되지 않은 이야기를, 사람들에게 이해해 달라고 내보내기는 힘들다. 내가 받아들일 수 없는 나의 이야기, 나 자신이 부끄러워서 자꾸 숨기고 싶은 이야기라면 타인의 공감을 살 수 있는 솔직하고 투명한 글이 되기는 마찬가지로 어렵기 때문이다. 그러나 자신과 합의할 수 없는 부끄러운 글이라도, 어떤 경우에는 용기를 내어 솔직하게 털어놓을 때 독자가 오히려 그 지점에서 더 깊은 감동을 느끼고 공감과 지지를 보낼 수도 있다.

두 번째 두려움, 이야기에 직간접적으로 연관된 사람들의 반응에 대한 두려움은 가장 민감한 문제다. 이 부분 때문에 많은 이들이 글을 전체 공개로 올리지 못하거나 출간 시 특정 글들을 뺄 수밖에 없는 문제에 봉착하기도 한다. 나 역시 주변 사람을 고려하느라 책에 쓰지 못한 이야기들이 있었다. 그들이 아직도 내 곁에 있고 이 글을 읽을 가능성이 있는 이들이라면, 혹은 누군지 추측이 가능한 이야기라면 당연히 그들의 입장에서 생각해 볼 필요가 있다. 누가 봐도 좋은 이야기라면 상관없겠으나 숨기고 싶어 할 이야기이거나 내 안에 그들에 대한 응어리가 남아 있을 때는 특히 더 그렇다. 그러나 그 일이 윤리적 측면에서 문제가 되지 않는다면, 또는 가명을 부여하는 방법 등으로 그들을 보호할 수 있다면 '쓰는 것'이 좋다고 생각한다. 인생이란 필연적으로 다른 사람들과의 관계 속에서 형성되는 것이기에 오로지 나만 들어간 이야기를 쓴다는 자체가 말도 안 되는 일이다. 그런 면에서 때론 주변인들과 상관없이 공개를 할 수밖에 없게 만드는 이야기도 있다. 에세이란 글의 속성이 그러하다. 내 안의 것을 쏟아 내야 하는 글. 주변의 세상을 나의 시선으로 해석하는 글. 이런저런 눈치를 보면서 쓰고 싶은 글을 다 쓸 수는 없다. 어떤 식으로든 글 쓰는 이로서 감당해야 하는 부분이 반드시 있기 마련이다.

세 번째, 사회적 관습이나 편견으로 인한 두려움의 경우도 마찬가지다. 비록 세상의 일반적 가치관과 조금 다르다 하더라도 그것이 깊은 성찰을 통해 나 자신과 합의된 글이라면, 작가가 당당하게 공개해야 독자도 더욱 공감할 수 있지 않을까.

어쩌면 사람들은 내 글에 대해 그렇게 관심이 많지 않을 수도 있다. 반대로 눈총을 주거나 때론 비난과 욕설을 퍼부을 수도 있다. (심하면 소송에 휘말릴지도 모른다!) 내 글에 대해 관심을 갖지 않아 주는 편이 나을지, 비난을 감수하더라도 엄청난 주목을 받는 게 좋을지 모르지만 최악의 경우를 생각하고도 그걸 이겨 낼 수 있는 용기가 있다면, 아니 쓰고자 하는 마음이 최악의 경우를 이긴다면 그냥 쓰는 수밖에 없지 않은가. 그렇게 '그냥 쓸 수밖에 없어서', 안에서 봇물처럼 흘러넘쳐서 쓴 글은 분명 독

자와 진한 감동으로 만날 것이다. '글'이라는 것의
본질을 이해한다면, 쓰지 않을 수 없는, 정직하게
고백하지 않을 수 없는, 심적 나체가 되지 않을 수
없는 이들의 고뇌를 알 것이다. 때로는 쓰고자 하는
욕구가 모든 두려움을 이긴다.

2. 솔직함은 최고의 무기지만,
솔직함과 진실함은 다르다

"아직은 쓸 수 없어요."

"주변에 사람들이 살아 있는 한, 지금은 쓸 수 없
을 것 같아요."

"누군가 상처받을까 두려워요."

"내가 이런 생각을 하고 있는 걸 알면 다른 사람
들이 나를 어떻게 생각할까요?"

농담으로 나는 '데스 노트'를 만들자고 한다. "자,

누구까지 없어져야 이 글을 쓸 수 있는 거죠?" 누군가 죽어야만 쓸 수 있는 글. 내 안에 꽉 차 있는데 누군가의 눈치를 보느라 도저히 쓸 수 없는 글. 그들이 나를 어떻게 생각할지, 나 때문에 상처를 받지는 않을지 두려워서 도저히 쓸 수 없는 글. 내 일기장에만 쓸 수 있는 글. 그렇게 품고 있다가 정말 그 누군가가 죽으면, 그땐 쓸 수 있을까?

바로 이전의 내용과 조금은 모순될지도 모르는 이야기를 해 보려고 한다. 솔직함은 가장 강력한 무기가 맞다. 주변의 눈치를 보고 또 보면서도 결국 쓰고야 마는 글. 그런 글은 강력한 힘이 있다. 그러나 모두가 그럴 수 있는 것은 아니다. 누군가에 걸리고 무언가에 걸려서 계속 멈추고 멈추다 끝내 쓰지 못하는 글도 있기 마련이다. '솔직함이 그렇게 중요하다는데, 에세이에 있어서 솔직함이 무기라는데, 그렇다면 나는 영원히 좋은 글은 쓸 수 없는 것인가? 진짜 하고 싶은 이야기를 다 꺼내 놓을 수가 없는데'라고 한다면 '그렇지는 않다' 말하겠다. 솔직함이 최고의 무기인 건 맞지만 '솔직함'과 '진실함'은 다르기 때문이다. 솔직한 글은 쓸 수 없더라도 진실한 글을 쓸 수는 있다. 독자가 원하는 건 작가의 모든 걸 낱낱이 까발린 '솔직함'이 아니라 글 속에 담긴 '진실함'이다.

솔직한 사람을 만나면 기분이 좋다. 숨기는 게 없이 다 털어놓으니 자연히 그 이야기에 훅 빠져든다. 하지만 솔직하다고 해서 꼭 진실한 사람은 아니다. 솔직함 속에 담긴 마음이 반드시 진실한 것이라고 볼 수도 없다. 반대로 진실한 사람이 꼭 모든 것에 솔직한 사람인 것도 아니다. 모든 것을 다 공개하고 고백하지는 않지만, 그 사람의 태도나 자세, 공유해야 할 것과 공유하지 않아도 될 것을 구분해서 말하는 법, 그가 살아가는 법 자체가 진실을 드러내는 사람이 있다. 둘 중에 하나를 택해야 한다면 나는 솔직함 대신 진실함을 택하겠다. 솔직한 사람보다는 진실한 사람과 오래도록 교제를 나누고 싶다. 모든 것을 다 공유하는 것보다 조금은 가려진 데에서 더 진한 호감을 느낀다. 마찬가지로 솔직함은 덜하지만 진실한 글에 대해 더 궁금증이 생기고 신비롭게 느껴질 수 있다. 진실함이란 인간에 대한 폭넓은 이해와 사랑을 전제로 한 것이기 때문이다.

이런 관점에서 볼 때, 과연 글의 소재에 대한 모든 사실을 공개해야만 좋은 글이 될까? 숨기고 싶은 마지막의 마지막까지 다 써 내야지만 그게 진실한 글이라고 할 수 있을까? 가끔씩 유명인이 '충격 고백'이라며 낸 책들이 서점가의 베스트셀러를 장악하는 것을 본다. 하지만 진실함이 없이 솔직함만으로 승부를 본 책은 오래가지 못한다. 내가 쓸 수 있는 것만, 보일 수 있는 것만 보여 준다 하더라도 그 안에 담긴 진심이 제대로 전달되는 글이라면 솔직함 이상의 무기를 지닌 글이 될 것이다. 내가 많은 작가의 에세이 중 특히 박완서 작가의 에세이를 좋아하는 건 작품 한 편 한 편마다 최선을 다해 진실하다는 느낌 때문이다. 그녀의 수많은 에세이를 읽었다고 해서 내가 그녀와 관련된 모든 사실들을 다 알고 있을까 하면 그렇지 않을 테다. 작가가 어디까지 내게 보여 줬는지, 어디까지 슬쩍 가리웠는지 알수 없지만 적어도 내게 보여 준 부분들에서는 최선을 다해 진실했구나 느낄 때, 나는 작가가 보여 준 것들에 충분히 공감하고 감동한다.

우리는 누구나 솔직하고도 진실한 글을 쓰고 싶어 한다. 하지만 그게 힘들다면 적어도 진실한 글을 쓰자. 진실함은 모든 것을 덮는다. 제한된 솔직함까지도.

에세이 연습 과제

반복해서 연습해 볼 수 있는 주별 과제

1. 음식(오감을 이용한 음식 묘사와 표현이 반드시 들어가야 함)

2. 사소한 것들(가능한 더 사소한 것들을 찾자)

3. 형용사(내가 선택한 형용사가 작품에 한 번도 나오지 않더라도 독자
   가 그 형용사를 알아서 느낄 수 있는 글)

4. 순간을 영원처럼(상황 묘사와 심리 묘사 포함)

5. 불안과 공포(하이라이트가 어디인지 스스로 생각하며 쓸 것)

6. 자연(가장 어려운 과제로, 가능한 작은 소재를 찾을 것. 관찰과 응시
   가 중요함. 감각과 관찰의 묘사, 감상과 사유를 포함할 것)

'글쓰기 모임에서 제시하기 좋은 과제' 혹은 '에세이 책을 이용해 에세이 공부하기'

좋은 에세이 책은 차고 넘칠 정도로 많다. 자신이 좋아하는 작가의 책으로 공부하면 된다. 하지만 기본적으로 소장하여 공부하고 참고했으면 하는 책은 중고등학교 교과서에 나오는 수필집이다. '중고등학교 국어 교과서에 나오는 수필 몇 선' 같은 유의 책들이 시중에 많다. 고전은 고전인 이유가 있다. 기본은 늘 제일 중요하다.

1. 에세이에서 '제목-첫 문장-끝 문장' 필사/주제 찾기

2. 에세이에서 '처음-중간-끝' 중심 내용 요약/주제 찾기

3. '순간을 영원처럼'—짧은 순간을 묘사한 부분 찾기

4. 오감을 이용해서 음식을 묘사한 부분 찾기

5. 한 편의 에세이로부터 나올 수 있는 '형용사' 몇 가지를 생각해보기

6. 에세이에서 '하이라이트'(절정 부분)라고 생각되는 부분 찾기

7. '장면 전환'(장소 전환/시제 전환/화제 전환) 부분 찾기

8. '디테일'(혹은 TMI)에 해당되는 부분 찾기

9. 사소한 것들에서 시작해서 인생의 사유를 담은 글 찾기

10. 자연을 소재로 한 글에서 '감각 묘사', '관찰 묘사', '감상과 사유' 부분 찾기

에세이 책 쓰기

1장

글을 쓰고 싶은 건가요,
책을 내고 싶은 건가요?

처음 에세이 클럽을 시작하며, 함께 시작한 플랫폼 스태프들과 의논 끝에 '전자책 출간'이라는 목표를 전면에 내세웠다. 당시 블로그에서 전자책 출간에 대한 소식들을 많이 들어 오긴 했지만, 직접 참여해 본 적은 없었다. 아무래도 종이책에 비해 출간의 부담이 적고 훗날 자신의 꾸준한 콘텐츠로 활용해 가면서 내용에 수정 및 추가를 하거나 종이책으로 발간할 수도 있으니, 첫 출간에 적합한 방법이라는 생각이 들었다.

첫 멤버들은 밤을 새며 원고를 쓰고 몇 달 만에

전자책 출간을 해냈다. 기본기가 탄탄한, 이미 기존에 글을 오랫동안 써 온 이들이었기에 가능한 일이었다. 하지만 후유증이 만만치 않았다. 그렇게 빠른 시간 안에 몰아치듯 글을 써내 출간까지 한다는 것 자체가 무리였다. 충분히 퇴고하고 돌아볼 시간이 없다는 것도 문제였다. 아무리 여러 번 퇴고했다 하더라도 글이라는 것은 일정 시간을 두고 보아야 한다. 나는 지금도 첨삭을 할 때 한 번에 하지 않고 읽은 글을 다음 날 다시 읽고 필요하면 그 다음 날 다시 읽으며 첨삭한다. 매번 새로운 것들이 보이기 때문이다. 그래서 글이든 책이든 작업에는 반드시 어느 정도의 물리적 시간이 필요하다. 좋은 작업이었고 최선을 다했지만 지나고 보니 넉 달의 시간이 무척 짧게 느껴졌다. 그래도 다행인 것은 종이책이 아닌 전자책 출간이었다는 점이다. 전자책은 언제든 수정하고 재출간을 할 수 있다는 장점을 지녔다. 비록 촉박하게 진행되었지만 그들이 자신만의 콘텐츠를 갖고 앞으로 발전시킬 수 있는 발판을 마련해 주

3부 에세이 책 쓰기

었다는 점에서 다행이라 여긴다. 실제로 몇몇 분은 전자책을 바탕으로 종이책을 출간하기도 했다.

전자책 출간 과정의 초반부를 거치며 나는 '출간 목표'의 장단점을 깨달았다. 나 자신도 출간을 목표로 달려 온 사람이 아니고 특히 '오직 출간' 지향적 글쓰기에 시큰둥한 사람인데, 전자책이든 종이책이든 출간만을 목표로 하는 글쓰기 수업이라는 게 과연 어떤 의미가 있을까 하는 원론적인 의문에 봉착한 것이다. 왜 전자책 출간을 목표로 이 에세이 클럽을 시작했을까에 대해서도 다시 생각해 보았다. 이는 출간 자체에 대한 가치 판단의 문제가 아니라, 출간이라는 목표에 대한 나 자신의 가치관이나 의미가 정립되어 있지 않다는 말이었다. 일단 내가 먼저 '책을 낸다는 것'에 대해 생각을 정리해야 했다.

그러기 위해 주위를 돌아보니 '당신도 출간 작가가 될 수 있습니다!', '3개월 안에 작가가 되게 해 드립니다'를 외치는 글쓰기 강의, 아니 글쓰기 학원이 도처에 널려 있었다. 높은 강의료는 기본이고, 글감부터 시작해서 출간기획서 작성 및 투고에 이르기까지 일사천리로 '출간 작가 타이틀'을 따기 위해 달려가는 프로그램들이었다. '출간'이나 '출간 작가' 타이틀이 좋고 나쁨의 문제가 아니었다. 나쁠 것이 뭐가 있겠는가. 글을 쓰다 보면 책을 출간하고 싶은 마음이 생기는 것이 당연하고, 개인 브랜딩을 하는 사람에게 있어서는 작가 타이틀이 더욱 중요하다는 것을 잘 알고 있다. 하지만 중요한 건 '가치'의 문제였다. 글을 쓰는 본인이 정말 원하는 가치가 무엇인지, 나 같은 글쓰기 강사가 진짜 안내하고 싶은 가치가 무엇인지의 문제. 출간을 통해 커리어를 쌓고 작가 타이틀을 얻고 싶은 건지, 진짜 글을 쓰는 작가가 되고 싶은지의 문제 말이다. 타이틀만을 원하는 것이라면 방법은 많다. 빠르고 쉽게 가는 길도 얼마든지 있다. 하지만 글을 쓰는 작가가 되고 싶은 것이라면, 타이틀도 물론 얻고 싶지만 그보다는 오래 글을 쓰는 사람이 되고 싶은 것이라면, 조금 느리더라도 단단한 길을 가야 하지 않을까. 책 한 번

내고 끝낼 게 아니라면 말이다.

그리하여 나는 출간을 목표로 하는, 끝에 반드시 '출간'이 붙어야 하는 에세이 수업은 접어 두기로 했다. 전자책이든 종이책이든 '출간'이란 좋은 목표임에 틀림없다. 하지만 목표를 위해 가는 과정은 그보다 훨씬 더 중요하다. 왜냐하면 그 과정에서 글쓰기 실력이 발전하고, 치열하게 고민하는 작가로서의 자세가 갖춰지기 때문이다. 그러니 비록 오래 걸리더라도 좋은 글을 쓰는 데 초점을 맞춰야 한다는 생각이 들자 모든 것이 명확해졌다.

"글을 쓰고 싶은 건가요, 책을 내고 싶은 건가요? 글을 쓰고 싶다면 잘 오셨습니다. 그 과정에서 자연스럽게 책을 낸다는 목표를 세우고 방법을 함께 계획해 볼 수도 있습니다. 도와드릴 수 있습니다. 하지만 출간만이 목표라면 여기가 아니어도 방법은 많습니다."

그때도 지금도 나는 출간만을 향해 달려가는 글쓰기 프로그램 같은 것에는 관심이 없다. '출판사와 몇 명 계약!' 이런 걸 내세우는 프로그램이 되고 싶은 마음도 없다. 비록 조금 더 느리고 조금 더 힘들더라도 진짜 글다운 글을 써 나가는 작가의 길을 가도록 격려하고 싶다. 그리고 그 열매가 출간이라면 기꺼이 축하와 격려와 응원을 보낼 것이다.

좋은 에세이를 쓰는 에세이스트가 목표라면 작가로서의 자존심 정도는 기본으로 장착하고 시작해야 하지 않을까. '무조건 출간'보다는 글다운 글. 스스로 부끄럽지 않은 글이 우선이라는 자존심 말이다. 또한 '내 글만 좋다면 언젠가는 책이 될 것이다'라는 자신감도 필수다. 그리고 그 말이 사실이기도 하다. 글만 좋다면 반드시 책이 된다. 시간과 인내의 문제가 걸려 있기는 하지만. 그러나 내 글이 스스로에게 부끄럽다면(부끄럽지 않은 책이 과연 있을까 싶지만 최선을 다한 책은 '덜' 부끄러우니 말이다) 책이 되더라도 그 부끄러움은 여전히 작가의 몫으로 남는다.

2장

왜 에세이 책을 내지?

에세이 책을 출간한다는 것

에세이 클럽과 블로그 이웃들을 통해 글이 책이 되어 나오는 과정을 종종 지켜본다. 글과 책의 장르뿐만 아니라 출간 경로도 모두 다르다. 아, 이렇게 해서 책이 나오기도 하는구나, 깨닫는다. 글을 쓰다 보니 책이 내고 싶어져서 출간을 준비한 경우, 쓰다 보니 글이 모여서 자연스럽게 출간을 생각하게 된 경우, 처음부터 출간을 목표로 글쓰기를 시작하는 경우 등 글을 쓰고 책을 내는 이유와 목적, 과정은 천차만별이다. 어쩌면 '책'을 낸다고 했을 때 에세이는 가장 접근이 편한 장르일 수 있다. 글 좀 쓴다는 사람이라면 주변에서 에세이 한 권 내 보라는 이야기를 꽤 들어 봤을 테니 말이다. 거기에 요즘은 출판사들이 좋은 글을 발굴하기 위해 다양한 SNS와 글쓰기 플랫폼들을 찾아다니다 보니, 꼭 출간을 목표로 하지 않은 글도 출간으로 이어지는 예가 제법 많다. 다들 이유, 목적, 경로는 다르지만 '출간에 대한 갈망'을 가진 이들은 어떻게든 결국 출간에 이른다. 이들은 '왜' 출간을 할까. 우리는 왜 출간을 하려고 할까. 왜 굳이 사적인 글을 쓰는 것도 모자라 책이라는 이름으로 세상에 내보내는 걸까.

앞에서도 언급했듯이 글을 쓰고자 하는 욕구는 거의 누구나 갖고 있는 자연스러운 본능이다. 하지만 책을 출간한다는 건 완전히 다른 일이다. 내 이름으로 된 책을 내고 싶은 욕망은 본능과는 다르기에 모두가 그런 욕망을 갖지는 않는다. 물론 많은 이들이 '내 이름으로 된 책 한 권을 갖고 싶다'라는 생각을 하지만 그에 못지않게 출간에 대한 두려움 또한 존재한다. 출간 자체의 어려움도 있고, 또 혼자만 품고 있던 글이 '책'이라는 물성을 통해 세상에 나오는 순간 누군가에게 보여지고 유통되기 마련이므로 감정적 진입 장벽이 있다. 즉 출간이란 일은 '욕망'과 '두려움'의 속성을 동시에 지니고 있다.

한번 책이 되어 세상에 나오면 사라지기 쉽지 않다. 사람들의 기억 속에서는 잊히더라도 책 자체는 세상 어딘가에 몇 권이라도 남아 반영구적으로 존재하게 된다는 것. 일견 감동적이기도 하지만 두렵기도 한 일이다. 내게는 아주 오래된 책들, 이젠 더 이상 출간되지 않고 작가에 대한 정보도 전혀 없지만 지금껏 소중하게 지니고 있는 책들이 있다. 꼭 너무 훌륭해서가 아니라 그 책이 나에게 와서 의미를 갖게 되었기 때문에 쉽게 버릴 수 없는 책들이다. 한 번쯤 작가를 만나 보고 싶고 내가 지금껏 이 책을 얼마나 소중히 간직하고 있는지를 전하고 싶다는 생각을 한다. 그중에는 현재는 아예 사라진 출판사의 책들도 있다. 작가와 출판사의 손을 떠났지만 책은 홀로 세상을 여행하고 어딘가에서 자신의 존재를 끝까지 증명하고 있다. 그것이 책의 속성이다. 그렇기에 이 책을 쓰는 지금도 책을 함부로 내보내서는 안 된다는 묵직한 책임감을 갖게 된다. 글은 자유롭게 쓸 수 있지만 책을 낸다는 건 한 단계 더 나아간, 무겁고 두려운 일이다.

그럼에도 불구하고 나를 포함한 많은 이들이 여전히 책을 쓰고 세상에 내보낸다. 어제보다 오늘 더 책을 쓰려는 사람이 많고 더 많은 사람들이 출간을 위해 노력한다. 읽는 사람보다 쓰는 사람이 많은 아이러니한 현실이다. '에세이 작가'가 되려는 수많은 사람들이 오늘도 글을 쓰고 플랫폼에 올리고 출판사의 문을 두드린다. '내 이름으로 나온 책'에 대한 간절함이 다른 모든 진입 장벽을 이겨 내고도 남을 만큼 크다는 말이다. 글을 통해 다른 이들에게 인정받고 공감받고 싶다는 마음을 한 단계 넘어서 세상에 내 글을 전하고 싶다는 마음. 내 이름과 나의 이야기가 활자화되어 어딘가에 남아 사라지지 않길 바라는 마음. 그것이 책에 대한 간절한 욕망으로 이어진다.

　출간은 분명 의미 있는 일이다. 일반적인 의미 그 이상의 의미도 있다. '출간'을 통해서만 알게 되는 것들이 있다고 작가들은 말한다. 보통 책을 쓰는 과정을 '산고의 고통'에 비유하기도 하는데 그만큼 힘들다는 의미이기도 하지만 아이를 낳고 나서야 비로소 알게 되는, 낳지 않았을 때는 절대로 알 수 없는 새로운 것들을 깨닫게 된다는 의미이기도 하다. 아이를 낳은 후에야 비로소 느끼는 엄청난 무게감과 책임감. 아이와 함께 진짜 부모가 되어 가는 과정. 비록 남들이 보기엔 완벽하지 않더라도 내게 가장 애틋하고 사랑스러운 존재가 생기는 것.

　출산과 마찬가지로 '나의 책'이라는 존재로 인해 작가는 새로운 '글쓰기의 장'으로 옮겨 간다. 그래서 어렵고 힘들고 또 부족할 것을 알면서도 두 번째, 세 번째 책의 출간을 위해 노력한다. 부끄럽다 하더라도 이전의 경험이 있기에 더 좋은 작품을 쓸 수 있다는 자신감이 생긴다. 그 깨달음의 세계로 넘어

가기 위해 오늘도 많은 예비 작가들이 노력한다. 출간 전에는 알 수 없는 것을 경험하고, 더 좋은 작가로 거듭나고자 하는 마음. 이 또한 강력한 욕망이다.

이는 글을 쓰는 이로서 마땅히 가질 수 있는, 가져야 하는 마음이다. 비록 부족하고 또 부족하지만 부단한 연마의 과정을 통해 내 책 한 권을 낸 작가로 서겠다는 마음. 한 권을 내고 보니 보다 많은 것들이 보여 더 나은 한 권을 또 내겠다는 마음. 나는 이것이 이미 작가의 마음이라고 생각한다. 작가가 별건가. 어제도 글을 썼고 오늘도 쓰고 내일도 쓸 거라면 그게 작가가 아닌가. 그렇기에 에세이 책을 굳이 출간하는 마음을 그 누구도 탓하거나 폄하할 수 없다. 그런 작가로서의 마음과 자세를 가졌다면 출간 과정의 충실함과 노력에 있어 나 자신에게 부끄럽지 않을 것은 자명하다.

3부 에세이 책 쓰기

공저를 쓴다는 것

공저는 말 그대로 여러 명이 함께 쓴 책이다. 요즘에는 기성 작가뿐 아니라 초보 작가들도 공저 출간을 하는 경우가 많다. 아무래도 단독 출간에 비해 부담이 적고, 또 함께 글을 쓰는 즐거움도 느낄 수 있기에 공저를 경험하는 작가들이 많아지고 있는 게 아닌가 싶다. 단독 출간에 대한 부담을 덜 수 있다는 것 말고도 공저에는 여러 의미가 있다. 우선 글 쓰는 모임을 유지하는 데 있어서 강력한 동기 부여가 된다. 유지 그 자체를 위한 유지가 아니라 각자의 글쓰기 열정을 북돋아 줄 수 있는 모임으로서의 유지를 위한 동기 부여다. 그런데 막상 시작하면 책 작업의 매력에 빠져 모임 유지 그 이상의 것들, 돈독함과 유대감을 느낄 수 있다. 한 배에 타서 글을 쓰는 사람들이라는 동지 의식을 갖게 된다. 여러 색깔을 가진 이들의 작품을 독특한 콘셉트로 모아 새로운 색으로 재탄생시킬 수 있다는 매력도 있다.

물론 공저 작업에 장점만 있는 것은 아니다. 목표가 명확하지 않고, 함께 글을 쓰는 이들의 방향이 다를 경우 쓰는 과정이나 결과물 자체에 문제가 생길 수 있다. 오직 '빨리 글을 써서 공저를 내고 작가 타이틀을 따자'라는 것이 목표인 경우 책의 질이 낮아진다. 그래서 나는 '3개월 안에 공저 작가로 데뷔시켜 드립니다'라는 광고 문구가 위험하다고 본다. '작가 데뷔'라는 달콤한 말이 가진 유혹은 단독 출간뿐 아니라 공저작가에도 해당된다. 상대적으로 더 쉽고 부담이 적으니 매력적일 수 있다. 그러나 앞에서도 강조했듯이 스스로 '진짜 글'을 쓰는 '진짜 작가'가 되고 싶다면 너무 빠르고, 짧고, 쉬운 길은 일

단 한번 멈춰서 고민해 보는 게 좋다. 다만 '함께 공,
쓸 저'의 의미를 되새기고 이 과정을 잘 활용하는
모임이라면, 공저 프로젝트를 통해 분명 한 단계 발
돋움하는 작가가 될 수 있을 것이다.

공저에는 여러 가지 방식이 있는데 각자 써 둔 글
들을 작가별로 모아서 낼 수도 있고, 아예 주제에
맞춰 글을 새로 쓰거나, 이미 써 둔 글이라도 각각
의 챕터별로 새로운 키워드를 정해서 그에 따라 모
두의 글을 다시 헤쳐 모으는 방법도 있다. 이런 경
우 작가 개개인의 개성을 새로운 관점으로 바라볼
수 있다는 것이 장점이다. 또한 시간은 좀 걸리더라
도 편집회의를 반복하면서 모임 구성원들의 편집
능력도 점점 향상된다. 서로의 글이 섞이고 다시 분
류되면서 '내 글만 잘 쓰자'는 태도를 넘어 남의 글
을 보는 눈과 마음이 열리기도 한다. 실제로 내가
참여했던 한 모임에서는 원고의 최종 리뷰 단계에
서 매주 만나 자신들의 글을 낭독했는데, 그 시간이
출간을 향해 가는 모든 과정의 절정과도 같았다.

내가 지켜본 공저 프로젝트는 짧게는 8개월, 길게는 1년에 걸쳐 이루어졌다. 글을 전부 혼자 쓰는 것도 아니고 몇 편만 쓰는데 왜 그렇게 오래 걸리나 싶을 수도 있지만 '함께'해 나가야 하는 편집 과정에는 생각보다 많은 시간이 필요하다. '각자 원고 쓰기→모으기'의 반복에 '편집→퇴고→편집'의 무한 반복. 거기에 혼자 하는 작업이 아니기에 시간이 배 이상 걸린다. 대신 혼자 하는 작업보다 재미있다. 원고 완성 이후 투고에 성공하여 기획출판을 하게 되면 거기부터는 출판사가 맡는다 치지만, 독립출판을 선택하면 그 작업은 더 길고 정교해진다.

이런 과정을 거치고 난 후 공저작가들의 실력은 한 단계 성장한다. 글을 쓰고 퇴고하는 과정에서 느끼는 작가로서의 자부심, 출간까지 해냈다는 자신감, 남의 글을 읽고 편집하는 실력까지 다양한 측면에서의 성장이다. 분명 출간 이후 오는 허망함도 있겠지만, 그 경험으로 다음 공저나 단독 저서에서는 한층 더 탄탄하고 깊어진 작업을 할 수 있을 것이다.

4장

책 한 권의 의미

얼마 전 한 작가분이 책을 보내 주셨다. 에세이 클럽에서 함께 썼던 글을 출간한 책이었다. 출간의 모든 과정을 본인이 직접 진행했다고 하는데, 가까운 사람들을 위해 소량 제작된 그 책은 여러모로 감동적이었다. 돌아가신 아버지와의 이야기를 담은 작품이어서 자신의 손으로 출간의 모든 과정을 진행해 보고 싶었다는 그의 말에 고개가 끄덕여졌다. 손바닥보다 조금 더 큰 그 책은 아버지의 유작 그림으로 디자인한 표지부터 인상적이었다. 훗날 다시 기획출간될 수도 있지만 지금으로서는 '세상에 몇 권

없는 책', '내 손으로 직접 만든 책'의 가치가 더없이
소중해 보였다.

무조건 독립출판이 좋으니 그렇게 하라는 얘기가
아니다. 출간마다 각기 다 다른 방식과 목적이 있으
므로 그 점에 대해서 충분히 숙지를 하고 고민하는
과정을 거쳐 결정해야 한다는 말이다. 기획출판으
로 책을 내면 내 돈을 들이지 않아도 된다는 이점이
있고, 출판사에서 일체의 과정을 진행하므로 프로
의 손길에 원고를 맡길 수 있다는 장점도 있다. 자
비출판이나 특정 플랫폼을 통한 자가출판도 각기
나름의 의미가 있다. 자비출판의 경우 투고의 고통
(?)을 겪지 않고도 프로의 손길을 거친 책을 출간할
수 있으므로 과정 자체가 깔끔하다. 자비출판을 진
행하는 출판사도 꽤 여러 군데기 때문에 본인의 스
타일과 맞는 곳을 찾으면 된다.

또한 요즘은 자가출판 플랫폼이 워낙에 잘 세팅
되어 있으므로 누구든지 자신의 글을 스스로 편집
해서 출간하기가 수월하다. 전자책이든 종이책이

든 플랫폼을 통해 다양한 편집이 가능하다. 이런 식으로 많은 작가와 공저팀이 자가출판을 하는 과정을 보아 왔다. 물론 플랫폼을 둘러보면 질이 떨어지는 원고를 '서적화'한 경우가 많은 것도 사실이다. 하지만 '내 책을 내 손으로 만들어 보겠다', '꾸준히 글을 쓰겠다는 스스로와의 약속을 지킨다'는 신념을 갖고 출간하는 이들도 많다. 자가출판 덕분에 예전에 비하면 매우 쉽게 출간할 수가 있게 되었지만, 그렇다고 해서 그 과정이 무조건 쉽기만 한 것은 아니다. 편집과 디자인의 모든 과정을 직접 하기란 결코 만만하지 않다. 제대로 만들겠다는 마음을 갖는다면 더더욱 그렇다. 그리고 그렇게 만든 책은 두고두고 볼 때마다 뿌듯할 것이다. 최선을 다한 작품이라면 스스로에게 당당한 작가로 설 것이다. 또한 그 과정을 통해 다음 출간 때에는 더 베테랑이 되지 않겠는가. 작가 겸 편집자로서.

　기획출판이든 자비출판이든, 독립출판이든 자가출판이든 간에 각자의 목적에 맞는 출간 방식을 찾으면 된다. 주변에서 이렇게 하니까 나도 꼭 이렇게 저렇게 해야겠다라든가, 어떤 편견 때문에 꼭 한 가지 방식만 고집할 필요는 없다. 물론 많은 사람들이 기획출판을 선호한다. 나 역시 얼마 전까지만 해도 기획출판이 책의 가치를 결정하는 기준인 양 생각하기도 했다. 하지만 글 하나하나가 모여 책으로 만들어지는 다양한 과정들을 곁에서 지켜보며 조금씩 생각이 바뀌었다. 반드시 기획출판에 성공해야만 훌륭하고 인정받는 원고일까? 수십 군데의 출판사에서 퇴짜를 맞은 글은 정말 좋은 글이 아닐까? 실제로 좋은 원고이지만 출판사의 구미에 맞지 않거나 상업성이 떨어져서 기획출판으로 이어지지 못하는 경우를 많이 보았고, 그 반대의 경우 역시 마찬가지였다. 중요한 건 기획출판이냐 아니냐, 자가출판이냐 아니냐의 문제가 아니라 책에 따른, 자신만의 가치와 방식이다. 내가 이 책의 출간을 통해 바라는 것이 무엇인지, 추구하는 가치가 무엇인지, 어떤 출간 방식이 나에게 가장 잘 맞는지의 문제다.

요즘처럼 출간 방식이 다양화된 시대에 이는 결국 본인의 선택이다.

이렇게 출간된 '책 한 권의 의미'를 알게 되면 세상의 많은 책들이 점점 더 소중하게 느껴진다. 출간을 준비하는 예비 작가들이 그런 마음을 가졌으면 좋겠다. '어차피 방법은 많으니 대충 해서 빨리 내자'가 아니라, 조급해하지 말고 '세상에 한 권의 책을 내어놓을 날을 최선을 다해 준비하자'는 마음가짐이다.

에세이 책의 종류

내가 쓰고자 하는 책은 다음 중 어디에 해당할까?

글의 종류에 따라

1. 문학적 에세이 책

말 그대로 '문학적'인 글이다. 에세이라기보다는 고전적인 의미의 '수필'에 가까운 글로 글 자체의 완성도와 문학적 의미를 갖추는 데 의의를 두는 글이다. 공모전을 통해 등단한 작가들이나 시인, 소설가 등 기존 작가들의 글이 많다.

2. 일상 에세이 책

여행 후기, 단상, 일상을 자유로운 형식으로 써 내려간 에세이를 모은 책.

3. 전문성을 살린 에세이 책

작가의 전문 영역을 살려서 정보를 제공할 목적으로 쓰지만, 그렇다고 오직 정보 전달에만 목적이 있지는 않다. 에세이의 형식을 빌려 독자의 공감을 사면서 정보 전달도 겸하는 방식이 많다.

책의 목적에 따라

1. 나 자신을 위한 책

물론 책은 누군가에게 보여 주고 공감을 얻기 위한 것이지만 나 자신만을 위한 책이라고 해서 책이 아니라는 법은 없다. 정식으로 출간할 생각이 없다 하더라도 완성도를 높여 글을 쓴다면 충분히 가치가 있다. ISBN이 없는 책도 괜찮다.

2. 기록을 위한 책

나 자신에서 조금 더 나아가 부모님, 자녀들, 친구들 및 가까운 지인들을 위한 '기록' 목적의 책이 있다. 개인이나 가문의 역사를 보존하기 위한 책, 자녀들에게 꼭 남기고 싶은 이야기를 쓴 책, '증언'을 위한 사회·역사적 책임감을 갖고 책을 내는 경우 등이다.

3. 일반 독자를 대상으로 한 책

일반적으로 출간되는 대부분의 에세이 책, 일상적·문학적 공감을 나누기 위한 글을 주로 싣는다.

4. 커리어 전문성을 위한 책

책을 통해 자신이 '이 분야의 전문가'임을 드러내며 앞으로의 경력에 있어 '증명서' 내지는 '자격증' 같은 역할을 할 수 있는 책.

출간 방법에 따라

1. **독립출판**

   1-1. 자가출판

   작가가 모든 출간 과정은 물론 도서의 유통에 관한 제반 업무를 직접 진행한다.

   1-2. 자비출판

   작가가 출간 과정에 드는 비용을 지불하되 그 과정은 출판사가 대행하도록 맡긴다.

   1-3. POD 출판(Publish On Demand)

   엄밀한 의미로 자비출판에 속하지만 출판사 대행이 아닌 독립출판 방식 후 주문이 들어올 때에만 인쇄해서 판매하는 방식을 말한다.

2. **기획출판**

   출판사가 출간 과정에 드는 비용을 지불하고 전반적인 과정을 진행한다.

3. **반기획출판**

   출판사와 작가가 일정 비율을 나누어 비용을 지불하고 출간 과정을 진행한다.

작가의 수에 따라

1. **단독 출간**
    작가가 단독으로 출간하는 책.

2   **공저 출간**
    두 명 이상의 작가가 글을 모아 출간하는 책.

4부

나만의 콘텐츠 만들기

콘텐츠[1]는 중요하다

목차의 힘

나는 에세이 클럽 멤버들에게 '자신만의 콘텐츠' 갖기를 권한다. 여기서 말하는 콘텐츠는, 책이 될 수도 되지 않을 수도, 또 책이 되어도 좋고 되지 않아도 그 자체로 가치가 있는 나만의 지적 재산, 독창

---

[1] 매체가 전달하는 정보를 콘텐츠라 부른다. 사실상 우리나라에서는 저작물, 창작물이라는 의미로 더 많이 쓰인다(위키백과). 미디어에서 바라본 콘텐츠란 창작자에 의해 기획, 가공된 모든 내용물로서 저작권을 주장할 수 있는 창작물이다(변용수, 『1인 미디어』, 커뮤니케이션북스, 2023). 이 책에서 '콘텐츠'는 '책'과 비슷한 의미의 용어이지만, '창작자에 의해 기획, 가공된 저작물, 창작물'의 의미를 강조하기 위한 의도로 사용한다.

적인 무기다. 누구도 가져갈 수 없는 나만의 영역, 글, 세계. 일단 콘텐츠를 시작하는 것만으로도 어느 정도의 자부심과 용기를 가질 수 있다. 완성이라는 목표가 설정되는 셈이니 글쓰기의 동력이 될 수 있다. 비록 미래에 들여야 할 시간과 노력의 문제가 남아 있더라도 말이다.

글과 콘텐츠가 뭐가 다를까, 글을 모으면 콘텐츠가 되는 것이 아닌가 싶지만 한 편의 글과 콘텐츠는 다르다. 한 편의 에세이는 하나의 온전한 세계이다. 그 자체로 완전성을 갖는다. 그러나 그 하나하나의 에세이를 모은다고 해서 곧바로 콘텐츠가 되는 건 아니다. 이건 또 다른 이야기다. 하나하나가 완전할지라도 모아 놓으면 완전하지 않을 수 있다는 것이 콘텐츠의 속성이다. 그러므로 내 글들이 모여서 '콘텐츠'가 되려면 또 다른 과정이 필요하다.

콘텐츠를 위해서는 '목차'를 써 나가는 것이 필수다. 목차를 처음부터 여러 개의 챕터로 나누든가 챕터 없이 쭉 나열하여 쓰든가 형식은 그다지 중요하지 않다. 어차피 글이 쌓이면 자연히 가장 좋은 방식으로 다듬어지게 마련이다. 어떤 형식으로라도 '나만의 목차'를 작성하기 시작하면 반은 온 셈이다. 이왕이면 제법 근사한 제목까지 하나 갖고 출발하면 더 좋다.

"평소에 쓰고 싶었던 글이 있다면 목차를 대충이라도 적어 보세요. 쓰는 게 힘들다면 일단 머릿속에서 계속 생각해 보세요."

"쓰고 싶었던 것들의 리스트를 추가해 나가 보세요."

"각기 다른 주제의 글들을 써 내려가도 좋고 하나의 주제에 대해 여러 가지 이야기를 꺼내도 좋아요."

"목차를 끄적여 보세요. 쓸 수 없을 것 같은 소재라도 괜찮아요. 일단 목록을 늘려 가 보세요."

"동시에 여러 가지의 리스트를 작성해도 좋습니다. 여러 개로 남든가, 하나로 모아지든가 하는 순간이 올 거예요."

그냥 에세이를 한번 써 보려고 왔다가 쓰고 싶은 콘텐츠의 목차를 적어 보라는 말에 어떤 이들은 난 감해하고, 어떤 이들은 기다렸다는 듯 적어 낸다. 처음에는 두세 개 이상의 이야기가 나올까 싶다가도 어느새 리스트는 열 개, 스무 개를 넘어가고, 책한 권을 만들고도 남을 수십 개의 꼭지들이 가득해진다. 하고 싶은 얘기를 저렇게 다 담아 두고 어떻게 살았나 싶을 정도다. 처음에는 일단 되는 대로, 생각 나는 대로, 글을 쓸 수 있을지와 상관없이 작성하지만 막상 글을 한두 편이라도 쓰기 시작하면 감이 온다. 어떤 건 삭제하고 어떤 건 추가하면서 구체적이고 튼튼한 목차의 힘을 알게 된다. 뚝 떨어져 있는 한 편의 글과, 목차에 들어 있는 한 편의 글에 대한 관점은 또 다르다. 내 글을 숲을 구성하는 나무 한 그루로도, 숲 전체로도 인식하게 된다. 그것이 바로 '목차의 힘'이다. 목차는 독자를 위해 존재하지만 작가 자신을 위해서도 꼭 필요하다. 목차를 수정하고 인식하는 과정은 글을 써 나가는 힘을 발휘시키기 때문이다.

문해력 관련 수업을 진행할 때에도 나는 '목차의 중요성'을 강조한다. 한 권의 책을 온전히 이해하기 위한 첫 과정이 목차이기 때문이다. 목차를 보면 책

전체가 한눈에 들어오는 것은 물론, 곳곳에 숨어 있거나 드러나 있는 작가의 의도를 충분히 이해할 수 있게 된다. 그러니 작가의 입장에서는 자신의 의도대로 목차를 끌고 가는 힘을, 독자의 입장에서는 그런 작가의 의도대로 목차를 이해하는 힘을 키워야 하는 것이다.

'자신만의 콘텐츠를 만들어 보자. 목차를 써 두고 천천히 글을 써 나가 보자'는 말은 꼭 지금 당장 '출간'을 준비하라는 의미는 아니다. 그보다는 목차를 통해 글의 방향을 잡아 가고, 한편으론 에세이라는 것이 '나 자신'으로부터 나온 것, 나 자신이 이미 하나의 콘텐츠임을 깨닫고 알아 가자는 의미가 더 크다. 그 깨달음은 에세이스트로서의 자신감을 고취시키고 계속해서 글을 쓰고자 하는 동기 부여가 되어 줄 수 있다. '나 자신이 이미 하나의 콘텐츠다', '내 이야기도 언젠가 책이 될 수 있다'라는 자신감과 동기 부여. 그것은 강력한 무기를 장착한 것과 같다. 늘 전쟁 중에 있지 않더라도, 내가 가진 무기는 결코 사라지지않는 법. 언제 어디서라도 다시 시작할 수 있다는 자신감. 나만의 콘텐츠는 바로 그러한 것이다.

에세이 클럽에서 석 달간 함께 글을 쓰며 나는 수강생들이 자신만의 콘텐츠를 어느 정도 완성할 수 있도록 독려한다. 가능한 한 글을 한 꼭지라도 더 많이 쓸 수 있다면 좋겠지만 일단 어느 정도의 목차를 꾸리고 몇 개의 글을 쓰기 시작했다는 것만으로도 꽤 좋은 출발이다. 만약 삼십 개의 꼭지가 나왔다면, 그 가운데 몇 편의 글을 함께 쓰고 나머지는 혼자서 차분히 숙고하며 써 나갈 수 있도록 남겨 둔다. 열정이 있다면, 뜻이 있다면, 혹은 책이 될 운명이라면, 시간과 인내의 문제일 뿐 언제고 이 목차는 책이 될 것이다. 그럴 수 있다는 희망만으로도 글쓰는 이에게는 전사의 날카로운 칼 혹은 화가의 좋은 붓 같은 존재가 될 것이다. 요리로 치자면 나만의 레시피다. 누구나 인정하는 맛있는 요리를 만들어 낼 수 있다면 물론 훌륭하겠지만, 나만의 특별한 레시피를 갖고 있다는 건 그것만으로도 든든하고 의미 있는 일이다.

실제로 나는 그들이 간직한 이 레시피가 시간이 흐르며 몇 번이고 다듬어져 한 권의 책이 되는 것을 지켜봐 왔다. 독립출판으로, 자가출판으로, 기획출판으로. 다양한 방법으로 세상에 나오는 그들의 책을 보면 가슴이 벅차다. 어떻게 시작되었고 어떤 과정을 거쳤는지를 알고 있기에 그들의 노력에 박수를 보내게 된다. '내가 갖고 있는 콘텐츠 하나'의 힘을 믿지 않았다면 가능하지 않았을 이야기다. 하지만 책이 되지 않고 계속해서 그들의 노트 속에, 임시 저장 폴더 속에 담겨 있는 콘텐츠 역시 의미가 있다. 지금은 잠들어 있다 하더라도 글쓰는 이가 펜을 놓지 않는 한 언젠가 완성될 작품임을 믿기 때문이다.

2장

내 인생의 키워드 찾기

"에세이도 안 써 봤는데 콘텐츠를 만들어 보라고? 무슨 말이야?" 하는 이들을 위해 스스로 콘텐츠를 시작할 수 있는 방법을 제시하려 한다. 에세이 한 편 한 편을 실제로 쓰기에 앞서, 이 방법으로 나만의 콘텐츠 주제와 목차를 먼저 구상해도 좋겠다. 평소에 쓰고 싶었던 주제가 여러 개 있었던 사람이라면 문제가 되지 않는다. 일단 가능한 세세하게, 가능한 작게 쪼개어 리스트를 추가해 나가면 된다. 그러나 "쓰고는 싶지만 뭘 쓸지는 모르겠어요", "진짜 나에 대한 이야기를 써 보고 싶어요", "쓰고 싶은 이야기가 있다 해도 과연 책 한 권짜리 콘텐츠가 나올 수 있을까요?", "기껏해야 서너 꼭지를 쓰고 나면 끝날 것 같아요" 하는 이들에게 '내 인생의 키워드 잡기'를 추천한다. 콘텐츠를 갖고 싶을 때에는 일단 리스트 작성이 우선이다. 막상 리스트를 작성하기 시작하면 또 신기하게 내용이 추가되기 마련이다.

1. 리스트 작성

- ▶ 인생 전체를 돌아볼 때 기억 나는 중요한 이야기, 사건, 분기점 등을 적는다.
- ▶ 인생의 '특정 시점', '특정 상황'에 있었던 이야기들의 리스트를 적는다(뭉뚱그려 적지 않고 가능한 한 작은 단위로, 분명하게 나눈다).
- ▶ 사소한 물건, 사소한 사건, 사소한 감정 들의 이야기. 그러나 사소해 보여도 내게는 중요했던 이야기의 리스트를 적는다.
- ▶ 오직 나의 이야기만 할 필요는 없다. 나에게 의미 있는 다른 사람의 인생이나 사건을 주제로 삼아 위의 리스트를 써 보아

도 좋다(부모, 가족, 친구, 지인 등). 다만 언제나 '나의 시선', '나의 가치관'으로 이야기하는 나의 글이라는 사실은 잊으면 안 된다.

2. 키워드 찾기

- ▸ 리스트를 적은 후에는 이 리스트를 꿰뚫는 키워드를 잡는다.
- ▸ 이 키워드는 '장소'가 될 수도 있고 '감정의 단어(형용사)', '행위', '시간', '시점', '문장' 등이 될 수도 있다.
- ▸ 이 키워드가 책의 콘셉트, 글을 관통하는 '렌즈'가 된다.

부록 4

내 친구 T의 콘텐츠 찾기

"나도 책을 써야겠어."

"갑자기 왜?"

"널 보니까 멋있어 보이더라."

어느날 내 친구 T가 말했다. 어느 한옥 게스트 하우스에서 있었던 나의 북토크 다음 날이었다. 물론 늘 커리어에 관심이 많아 유튜브와 책 출간을 입버릇처럼 말하던 그녀이긴 했지만, 그날은 좀 더 진지했다. 내가 꽤 멋있어 보이긴 했나 보다(사실 '멋있어 보인다'는 것은 분명 출간의 좋은 점 중 하나다).

"영어 공부하는 책 쓰면 되잖아."

참고로 그녀는 영어 교사이고, 고3 담임이었다. 그런 그녀가 책을 쓴다면 당연히 영어 공부에 관한 책을 쓰려니 하지 않겠는가. 아니면 입시에 대한 책을 쓰거나. 그러나 그녀는 단호하게 말했다.

"싫어. 그런 책은 재미없어."

"그럼 뭘 쓸 건데?"

"몰라."

그게 답이었다. '몰라.' 어디서 많이 듣던 말이었다. "글을 쓰고 싶어요. 책을 내고 싶어요." 블로그 이웃들도, 나의 에세이 수업을 듣는 수강생들도 많이 하던 말이었다. 그러나 무엇을 쓰고 싶느냐 하면 '모르겠다'는 답이 돌아왔다. 내 인생에 특별한 게 없어서, 콘텐츠가 없어서 쓸 게 없다는 말이었다. T의 입에서 똑같은 소리가 흘러나왔다. 카페에서 그녀와 마주 앉은 내가 이야기했다.

"그럼 어디 생각해 봐. 네가 가진 콘텐츠가 무엇인지. 너만이 가진 것, 가장 너다운 게 뭔지 잘 생각해 봐."

이 얘기도 어디서 많이 듣던, 아니 많이 하기도 했던 말이다. 모두가 말하는 책 쓰기 비법. 너만의 콘텐츠를 찾아라!

"모르겠어. 그런 게 어딨어. 내 인생 네가 뻔히 다

알잖아. 남이 관심 가질 거라곤 하나도 없다. 그치만 영어 교사, 입시, 이런 건 너무 따분해. 학교 생활도 별로 할 얘기가 없어. 쓰고 싶지도 않고."

그것도 사실이다. 영어 교사만을 강조한다면 좀 따분한 책이 나올 것 같긴 하다. 영어 교사임을 드러내면서 전문적인 책을 쓸 게 아니라면, 에세이를 쓸 거라면, 그녀만의 '특별함'을 강조한 교사 생활이 에세이의 내용이 되어야 할 것이었다.

"그럼 영어 교사 말고, 다른 걸로 가 보자. 어린 시절부터 쭈욱 생각해 봐. 너만의 키워드."

머리를 쥐어뜯는 T. 자신만의 키워드 따윈 없다는 것이 그녀의 항변이다.

"그럼 도대체 왜 에세이가 쓰고 싶은 건데?"

"있어 보이잖아. 나도 쓰고 싶어. 늘 쓰고 싶었다고. 뭘 쓸진 모르겠지만."

'그냥 쓰지 마!'라고 하고 싶은 걸 꾹 참으며 한숨을 내쉬려는 순간 퍼뜩 생각나는 게 있었다. 그래, 그거다. '있어 보여!'라는 말. '있어 보이니까' 쓰고

싶은 것. T와 함께 떠오르는 그녀 인생의 키워드는
바로 '있어 보인다', '하고 싶은 건 한다'는 것이었다.
다행인 것은, 내가 그녀 인생의 최소 70퍼센트를 함
께했다는 것이었다. 나는 펜을 들고 목록을 써 나가
기 시작했다.

▸ 굿모닝팝스. 뉴키즈 온 더 블록. 팝송 레코드.

▸ 영화 「마이 걸」(OST와 함께).

▸ 영화 「보디가드」(당연히 OST와 함께). 케빈 코스트너.

▸ 영화 「유 콜잇 러브」(소피 마르소).

▸ 영화 「사랑은 은반 위에」(피겨 스케이팅 영화).

▸ 얼리 어답터(D 어쩌고 하는 카메라. 각종 음악 듣는 기기 섭렵). 아이러브스
쿨 최초 사용자(라고 믿음).

▸ 싸이월드 최초 사용자(라고 역시 믿음). 시트콤 「프렌즈」의 초초초기 팬.

▸ 파고다 어학원 최고 클래스 수료.

▸ (어릴 때 못 배운 게 한이 맺혀) 뒤늦게 시작한 플루트. (역시 마찬가지로)
뒤늦게 시작한 기타.

▸ 국어 교사이던 나를 부러워하다(아마 맞을 것이다…) 영어교육과 편입. 결
국 되고야 만 영어 교사.

▸ 책을 쓰고 싶은 마음.

　　그리고 이 목록의 제일 위에 적었다. '있어 보이

는 것들'. 적다 보니 재밌있었다. 자기 인생에 재밌는 이야기 따위는 없다던 그녀 역시 어느새 입에 거품을 물고 떠들고 있었다.

"야, 내가 무슨 있어 보이는 걸 좋아해. 웃기지 마!" 하면서도 "그때 네 방에~", "그때 네가~", "그때 우리가~"로 시작되는 수많은 기억들. 이야기는 차고 넘쳤다. 그리고 나는 또다시 적기 시작했다.

▸ 그녀는 늘 유행에 '빨랐다'.
▸ 그녀는 '미국'을 좋아했다.
▸ 그녀는 '영어'를 좋아했고 배웠고 잘했다.
▸ 그녀는 늘 '있어 보이는 것'을 지향했다.
▸ '있어 보이는 것'을 '하고 싶어 했'고, '하고야 말았'다.

T는 미국에 사는 이모 덕분에 어린 시절부터 서양 문화에 익숙했고, 영어를 가까이 했다. 그 옛날 이미 굿모닝팝스를 듣고, 매우 있어 보이게 교재를 방에 쫙 진열해 놓았으며(그녀 덕분에 나는 그런 프로그램이 있다는 것을 처음 알았다!) 영화 OST 레코드판을 사서 들었다(우리 집에는 레코드플레이어가

있지도 않았다!). 친구들이 뉴키즈 온 더 블록을 좋아하기 한참 전, 이미 미국에서 공수한 그들의 비디오 테이프와 브로마이드를 지니고 있었다(나는 그녀 덕에 뮤직비디오라는 게 있다는 것을 처음 알았다!). 김연아가 등장하지도 않았던 30여 년 전 이미 「사랑은 은반 위에」라는 영화를 보고 피겨 스케이팅에 빠지기도 했다(나는 그때 피겨 스케이팅이라는 스포츠 종목이 있다는 것을 처음 알았다!). 그녀가 하는 것은 늘 신기해 보였고, 재밌어 보였고, 뭔가 '있어 보였'다! 그러니까 그녀가 '있어 보이는 것'을 지향했던 것이 아니라, 그녀가 하는 모든 것이 내가 보기에 '있어 보였다'는 게 맞을지도 모르겠다. 미국병이라고 놀리기도 했지만, 그녀는 결국 그 영어 실력과, 하고 싶은 건 하고야 마는 의지(욕심?) 덕분에 고등학교에서 영어 교사를 하고 있다. 아이러니하게도 정작 그녀가 아닌 내가 미국에서 살고 있지만 말이다.

앞서 적었던 공통점들은 그녀의 키워드가 되었

다. 유행에 민감하고, 영어를 좋아했고, 서양 문화를 또래보다 일찍 받아들였고, '있어 보이는 것'들을 동경하던 그녀.

순식간에 가제가 나왔다. "있어 보이는 것들'을 향하여'라고. 그녀 인생의 모토는 아무래도 남들보다 '있어 보이는 것'들로 가득했으니까 말이다. 속된 말로 '간지 난다'라고 해야 하나? '간지 나는 것들을 향하여'는 너무 없어 보이니까 '있어 보이는 것들'로 하자. 가제 하나에도 있어 보이는 건 중요하니까.

하다 보니 대강의 목차도 나왔다.

▸ 뉴키즈 온 더 블록을 동경하던 사춘기 소녀 시절.
▸ 휘트니 휴스턴과 케빈 코스트너. 그리고 「보디가드」의 시절. 파고다 어학원과 함께한 대학 시절.
▸ 아이러브스쿨과 싸이월드 시절. 영어 교사는 나의 운명.
▸ 책 한번 써 보자.

영어 교사 콘텐츠는 재미가 없다며 안 쓰겠다던 그녀의 글은 결국 '영어 교사'라는 운명에 대한 이야기로 귀결되었다. 이 목차, 꽤 재미있어 보인다. 이제 수도 없이 바뀌어 나갈 테지만 대강 설계도를 완성한 셈이다. 글을 쓰고 안 쓰고는 그녀의 몫이다. 내가 써도 이토록 할 이야기가 많은데(내가 쓰고 싶다)…. 그녀의 '있어 보임'을 향한 오랜 갈망에 대하여 난 할 말이 많다. 그러나 이 글은 그녀의 몫이니 맡겨 두기로 한다. 문제는 이제 그녀가 엉덩이를 붙이고 책상 앞에 앉아서 펜을 얼마나 오랫동안 들고 있을 것이냐일 뿐이다(아마 타이핑을 하겠지만 '펜을 들고 있는다'는 표현이 좀 더 있어 보인다. 그건 매우 중요하다).

3장 이미 써 놓은 글을 콘텐츠로 만들기

써 놓은 글이 많을 때 이를 콘텐츠화하는 것은, 글 하나 없이 목차를 만들어 나가는 것보다 쉬울 수도, 어쩌면 오히려 더 어려울 수도 있다. 구슬이 있으니까 꿰기만 하면 된다고 볼 수도 있지만, 하나하나의 글들이 개연성 없이 그저 흩어진 구슬들이라면, 더 어려울 수도 있다는 것이다. 그래서 보다 세밀한 작업이 필요하다.

만약 글이 몇 백 편인데 이걸 어떻게 콘텐츠화할지 모르겠다면 제일 먼저, 살리고 싶은 글과 살리고 싶지 않은 글을 구분해야 한다. 어떻게든 살려서 콘텐츠화하고 싶은 글을 모아 놓고 여러 번 읽으면서 내용을 떠올린다. 이것을 여러 개의 콘텐츠로 나누어 그들끼리 묶을 것인지, 한 개의 콘텐츠 안에서 여러 개의 챕터로 나눌 것인지를 결정한다. 글들의 결이 너무 다양하다고 생각되면 몇 개의 그룹으로 나누는 것도 좋은 방법이다. 하나의 콘텐츠로 묶은 글들이 모이면 그 안에서 다시 챕터를 나눈다. 일단 묶어 보고, 그것을 꿰뚫는 키워드를 찾는다. 그렇게 서너 개의 큰 챕터와 키워드를 나누면 대충의 구조가 눈에 들어오기 시작한다.

여기서 하는 '카테고리화'는 블로그의 폴더 나누기와는 다르다. 폴더 나누기가 '책', '일상', '목표', '운동' 이런 식으로 눈에 보이는 단순 사실과 정보에 의한 나누기라면 콘텐츠에서 챕터 나누기는 눈에 보이는 것 이면의 키워드를 찾아야 하는 작업이다. 글을 관통하는 인물, 사물, 공간과 같은 단순 사실로부터 시작하는 건 물론이고, 그 이면의 주제, 감정, 섬세한 변화까지도 읽어 낼 때 더 매력적인 목차와 제목이 나올 수 있다.

1. 살리고 싶은 글과 살리고 싶지 않은 글을 구분하기.
2. 살리고 싶은 글들을 모아 놓고 내용 떠올리기.
3. 여러 개의 콘텐츠로 나눌 것이라면 글의 전체적인 주제와 결에 따라 나누어 보기.
4. 하나의 콘텐츠 안에 글들을 카테고리화 할 수 있는 키워드 찾아 보기.
5. 다시 키워드별로 카테고리화하기.
6. 각 챕터의 제목 찾기.
7. 이 키워드들을 관통하는 단어를 찾고 전체의 가제를 짓기.
8. 시간을 두고 위의 과정을 여러 번 반복하기.

"글은 계속 써 왔어요. 블로그에 500일 글쓰기를 하고 있는 걸요. 벌써 200일이 넘게 매일 글을 쓰고 있어요."

에세이 클럽에 오신 '해바라기쌤'의 말이었다.

"그런데 책을 쓰는 건 또 다른 이야기예요. 전자책을 내고 싶지만 뭘 써야 할지 모르겠어요. 써 놓은 글은 많은데 어떻게 책으로 만들어 낼지도 모르겠고."

책을 내고 싶기는 한데 자신에게는 그럴 만한 소재도 없고, 무엇을 써야 할지도 모르겠다는 것이었다. 그러나 그녀가 넘치게 해 놓은 이야기가 블로그에 몇 백 편이나 있었으니 그 이야기들을 어떻게 묶어서 콘텐츠화할지가 문제일 뿐이었다.

"목차를 한번 만들어 보세요."

"목차요? 저는 목차가 뭔지도 모르는데요."

그녀는 또 한번 큰 눈을 동그랗게 뜨고 말했다. 그러나 그녀의 글들은 큰 의미에서 이미 목차에 의해 흘러가고 있었다. 그 흐름을 잡아내기 위해 에세이 클럽의 사람들은 편집회의를 열었다. '나무'가 아닌 '숲'을 보는 눈을 장착하고 그녀의 작품들을 살폈다. 그녀가 선정한 글의 제목들을 한 페이지에 놓고 목차화하는 작업이었다. 그렇게 우리는 크게 세 가지 키워드로 글들을 나누었다.

4부 나만의 콘텐츠 만들기

1. 서울로 시집오기까지의 이야기

2. 피아노 선생님이 되고 싶었던 이야기

3. 이후 현재의 꿈에 대한 이야기

그녀가 갖고 있는 글의 주제는 대부분 1, 2번에 해당했다. 3번을 찾아낸 건 긴 회의가 끝나 갈 무렵이었다.

"해바라기쌤 님. 서울에서 살고 싶어서 결국 서울로 시집을 오셨고, 피아노 선생님이 되고 싶어서 결국 되셨는데, 그다음 이야기는 없어요?"

우리는 그녀의 그다음 꿈이 궁금했다. 그녀는 눈이 크고 검은 머리칼이 풍성한 미인이었다. 글에 의하면 키가 173cm에 달하는 늘씬한 몸매의 소유자이기도 했다. 줌으로 수업을 할 때면 그녀는 '어떻게 하면 사진에 잘 찍히는가'를 설명하며 모델 포즈를 가르쳐 주기도 했다. 그런 그녀의 '큰 키'가 평생의 콤플렉스였다니. 특히 어린 시절에는 동생과 비교당해 '예쁘지 않다'고 생각하며 자랐다고 한다. 그러나 지금은 '시니어 모델'을 준비하고 있다고 그녀는 수줍게 고백했다. 이제는 스스로 예쁘다고 주문을 걸고, 또 모델이라는 새로운 꿈을 향해 나아간다는 것이다! 이 얼마나 멋진 일인가. 우리는 그것을 세 번째 챕터에 써야 한다고 우겼다. 그녀가 흔쾌히 동의하자 그렇게 새로운 챕터가 만들어졌다. 시니어 모델을 준비하는 50대 여성의 꿈.

"해바라기쌤 님은 귀여운 욕심쟁이세요. 그렇게 서울로 올라오고 싶었는데 결국 결혼해서 올라오셨고, 피아노를 그렇게 치고 싶어 했는데 결국 스무 살이 넘어 시작한 피아노로 학원도 차리시고!"

"욕심쟁이라기보다는 '욕망' 같아요. 그녀의 사랑스러운 욕망!"

"이제 미모도 사라질 50대에 혼자서 '매일매일 예뻐지고 있다'니 정말 욕심꾸러기 맞네요!"

그녀를 향한 찬사들이 이미 그녀의 책을 만들고 있었다. 욕망 덩어리. 그녀의 사랑스러운 욕망. 귀여운 욕심쟁이. 매일매일 예뻐지고 있어요. 챕터가 크게 세 개로 결정되고, 제목 아이디어도 쏟아졌다.

챕터 1. 서울로 시집가고 싶었다.
챕터 2. 피아노 선생님이 되고 싶었다.
챕터 3. 시니어 모델이 되고 싶다.

그리고 이것을 꿰뚫는 키워드는 바로 '욕망'이었다. '욕망' 하면 조금은 거칠고 부정적인 느낌이 있을까. 그래서 '그녀의 사랑스러운 욕망'으로 가제를 바꾸었다. 그렇게 가제를 정해 놓고, 또 크게 세 챕터로 나누어 놓고 나자 군데군데 빈 공간들이 보였고, 집어넣어야 할 이야기들도 눈에 들어왔다. 작업은 활기를 띄었다. 에세이 클럽 학우들은 계속된 '편집회의'를 통해 열띤 토론을 벌이며 그녀의 글에 생기를 입혀 주었다. 마지막 순간. 치열한 접전 끝에 제목은 '57세, 매일매일 예뻐지는 중입니다'로 결정되었다.

그렇게 완성된 전자책은 사랑스러웠다. 여기저기 쓰고 모아 둔 이야기들을 몇 개의 빛나는 색실에 연결해 줄줄이 꿰었더니 아름다운 목걸이가 탄생한 것이다. 물론 해바라기쌤의 글솜씨와 재밌는 글들이 기본이 되었기에 가능한 일이었다.

그녀의 아름답고도 사랑스런 '욕망'은, 아직 끝나지 않았다. 앞으로 주욱 계속될 것이고, 덩달아 이 책의 챕터도 계속해서 늘어날 것이다. 그녀는 시니어모델이라는 욕망을 이룰 것이고, 또 다른 꿈을 욕망할 것이기 때문이다. 그리고 그녀는 그때도 매일매일 예뻐지고 있을 것이며, 그런 만큼 그 이야기들은 다시 글이 되고 있을 것이라 확신하기 때문이다. (실제로 그녀는 출간 이후 시니어 모델로 데뷔했다!)

4장

편집회의의 중요성

내게는 보이지 않는 것이 남의 눈에는 보인다

자존감 높아지는 편집회의

"목차를 쓰다가 막혔어요."

"일렬로 정리는 해 놨는데 챕터를 어떤 기준으로 나눌지가 애매해요."

"제목이 떠오르지 않아요."

"매력적인 목차를 만들고 싶은데 너무 평범해요."

이럴 때 나는 소리친다.

"편집회의 합시다!"

에세이 클럽 비장의 무기다. 편집회의.

자신 있게 소리치지만 정작 편집회의에서 아이디어를 쏟아 내는 건 내가 아니다. 열 명이 모이면 꼭 그중에 한두 명의 '아이디어 뱅크'가 있다. 잘나가는 출판사 편집팀의 에이스 정도는 되고도 남을 아우라를 풍기는 이들이다. 목차의 키워드를 뽑고, 추가하면 좋을 내용과 삭제하거나 옮겨야 할 내용까지 딱딱 짚어 낸다. 가제 아이디어도 기똥차다. 아이러니하게, 이들이 자신의 글에 대해서 이런 예리함을 보이는가 하면 꼭 그렇진 않다.

'내게는 보이지 않는 것들이 남의 눈에는 보이고, 내 글에서는 보지 못하는 것들이 남의 글에서는 보인다'는 진리. 그중에서도 남들보다 유독 '잘 보는' 이들이 있다. 하지만 꼭 이런 이들을 곁에 두지 않았더라도 일단 머리를 맞대면 매력적인 콘텐츠의 숨어 있던 요소들이 보인다.

'끄적인 목차'건 '자신 있는 목차'건 일단 편집회의를 위해 모두의 앞에서 간단한 브리핑을 한다. 내

4부   나만의 콘텐츠 만들기

가 쓰고 있는 이야기, 쓰고자 하는 이야기, 콘텐츠로서의 가치와 의미, 책이 된다면 어떤 책이 되었으면 좋겠는가까지. 이 목차는 당연히 완성된 목차도 아니고 또 써 놓은 글이 10퍼센트에도 못 미칠 때도 있다. 그래도 일단 브리핑을 한다. 마치 노벨문학상을 수상한 작가가 다음 작품의 구상을 발표하듯이. 글벗들은 이미 그들이 쓴 글들을 여러 편 읽었고 서로의 글 분위기를 잘 아는 상태이므로 이 브리핑을 통해 콘텐츠에 대한 작가의 의도를 충분히 이해할 수 있다. 저자가 어떻게 글을 쓰고, '콘텐츠화'하고, 어떤 책을 쓰고 싶은지에 대해서. 브리핑이 끝나면 자유로운 '막 던지기 편집회의'가 본격적으로 시작된다. 그 어떤 아이디어도 좋다. 이는 단지 에세이 클럽에서만 일어나는 아니다. 함께 글을 쓰는 글벗들의 카톡창에서도 마찬가지다.

"아. 목차에서 막혔어요."

"글은 많은데 어떻게 모을지 애매해요."

그런 메시지를 볼 때면 역시 나는 말한다.

"편집회의 합시다!"

나는 나무만 보기에 숲을 놓치는 때가 있는데 다른 이들은 내 글의 목차를 통해 나무보다 숲을 먼저 볼 수 있기에, 마치 내게는 없는 내 글의 조망도를 갖고 있는 것과 같다. 나무 하나하나에 대해서는 잘 모를지언정, 숲의 전체 조망도에서만 보이는 것들이 있다. 그러니 편집회의의 과정을 몇 번 거치면서 글쓴이는 다른 이들의 의견을 들을 수 있을 뿐 아니라, 이를 통해 자신의 콘텐츠를 바라보는 눈도 달라진다. 처음에는 평면적으로 보이던 목차를 좀 더 입체적으로 바라보고, 콘텐츠를 통해 하고자 하는 말 역시 깊어진다. 그것은 단지 '글 한 편'만 보아서는 불가능한, '글의 콘텐츠화' 과정에서만 얻어 낼 수 있는 힘이다.

"편집회의를 하다 보니 내 글도 꽤 괜찮다 싶어요."

"글에 대한 자존감이 높아졌어요."

"내 글 안에 이런 요소들이 있었구나 하고 깨닫게

됐어요."

"생각도 못 했던 포인트예요."

"다른 이들이 나의 책, 나의 콘텐츠에 이렇게 관심을 갖고 머리를 맞대고 연구해 주니 행복합니다."

이런 반응들도 심심찮게 나온다. 편집회의에는 비난이나 비판보다는 건설적인 아이디어와 색다른 영감들이 오간다. 일종의 '편집자 놀이'인데 꽤 재미있다. 글 쓰는 이들 중에 출판사 편집자를 한번쯤 꿈꿔 보지 않은 이가 있을까. 작가도 되고 동시에 편집자도 되는 시간. 한번 불이 붙으면 자정이 지나도 쉽게 꺼지지 않는다. 이런 걸 생각하면 주변에 함께 글을 써 나가는 문우들이 존재하는 게 참 다행이다. 그들이 언제든 편집회의를 소집할 때 응해 줄 열정적인 이들이라면 더 감사하다. 그러니 막막할 때면 주변 사람들에게 도움을 요청하자.

"나랑 편집회의 합시다!"

5부

에세이 클럽 이야기

1장

함께 글을 쓴다는 것

'에세이 클럽'을 시작한 지 벌써 3년이 지났다. 상상도 못한 일이었다. 일 년이나 하면 잘 하려나. 끈기 없는 내 성향을 알기에, 일단 재밌어서 시작은 했지만 '오래' 가리라고는 기대하지 않았다. 또한, 어차피 에세이는 내 인생이니까, 어차피 내 인생은 에세이였으니까 에세이 클럽 하나 더 얹어진다 해도 크게 달라질 건 없으리라 생각했다. 하지만 그건 착각이었다. 에세이 클럽은 나의 인생과 글쓰기에 새로운 장을 열어 주었고, 내 삶의 가장 많은 시간과 에너지, 열정과 애정을 이곳에 쏟게 되었다. 국어 교사로서도, 작가로서도, 블로거로서도 미처 깨닫지 못했던 또 다른 인생이 있었다. 그 강력한 원동력은 바로 '함께 글을 쓴다'는 단순한 문장 속에 있었다.

'글은 혼자 쓰는 것이 아닌가', '혼자 골방에 틀어박혀 자기 자신과 죽어라 씨름하면서 그렇게 써내야 하는 것이 아닌가'. 그리하여 '글쓰기 수업' 같은 것을 무의미한 시간 낭비라고 치부하는 사람들도 더러 있다. 어떤 의미에서는 나도 동의한다. 글을 쓰는 데에는 반드시 '골방의 시간'이 필요하며 글쓰기를 통한 자신과의 만남은 그 누구도 대신해 줄 수 없는 부분임을 잘 알고 있기 때문이다. 나 역시 초등학교 때 은사님께 글짓기를 배운 이후로 책과 연필이 최고의 친구였고 길잡이였다. 그러나 좋은 글쓰기 스승을 미처 만나지 못했거나 무작정 골방에 갇히기 두려운 초보 글쟁이들은 어쩌겠는가? 그 길을 인도해 주고 때로는 등을 밀어 줄, 함께 자극을 받을 글벗들이 필요하지 않겠는가. '글을 쓰고 싶다면 지금 당장 골방에 자신을 가두라'라고 하기 전에 손 붙잡고 골방을 안내해 주고, 그 앞에서 기다려 줄 도움의 손길이 필요할 수 있다. 그들은 때론 글쓰기 플랫폼의 이웃들이기도 하고, 글쓰기 강사가 될 수도, 카톡방의 친구들이 될 수도 있다. 처음부터 끝까지 혼자서 뚜벅뚜벅 가는 길을 갈 것인지, 누군가와 함께 갈 것인지는 철저히 개인의 선택에 달렸다. 양쪽 다 장단점이 있지만 그 어느 길로 가든 보다 나은 글쓰기로 나아가는 길임에는 틀림없다. 글을 쓰고 있는 한 시간 낭비란 없으므로.

'에세이 수업'이나 '에세이 강의'가 아닌 '에세이 클럽'으로 이름을 정한 데에도 그런 이유가 있었다. 일방적인 수업이나 강의가 아닌 함께하는 상호작용의 과정이 되었으면 좋겠다고 생각했다. 글쓰기에 대한 좋은 내용들은 맘만 먹으면 강의에서든 어디서든 쉽게 구할 수 있다. 그러니 '글을 잘 쓰는 비법' 같은 것을 전달하겠다는 욕심은 버리고 함께 길을 찾아가는 안내자 정도가 되어야겠다는 생각이었다. 국어 교사일 때부터 학생들과 상호작용하고 잠재력을 끌어내는 데에는 나름 자신이 있었으니까.

그렇게 에세이 클럽 8주의 과정을 시작했다. 말이 8주지 7주의 과정 이후 한 달간의 '혼자 글 쓰는 시간' 그리고 다시 만나는 마지막 한 주까지. 꼬박 석 달이 걸렸다. 그 시간 동안 매주 두 편씩의 글, 여덟 명이니까 총 열여섯 편의 글을 읽고 첨삭하고 돌려받는 과정이 계속되었으니 나는 이들과 거의 동고동락하는 느낌이었다. 말 그대로 '글로 만난 사이', 글로 만나 그 사람의 인생과 속사람을 다 알아가는 과정. 진하고도 감동적인 시간이었다. 서로 상호작용한다는 '에세이 클럽'으로서의 장점은 살리고, 강사로서 해 줄 수 있는 것들에 최선을 다했다. 그러다 보니 저절로 매 기수마다 고유의 색이 만들어졌다. 덩달아 나 자신도 점점 에세이 클럽의 방향성을 잡아 갈 수 있었다.

나는 무엇보다 공감과 지지를 통해 각자의 잠재력을 발휘할 수 있게 도왔다. 개인적으로 이것이 가장 중요한 부분이라고 생각한다. 에세이는 결국 공감의 문학, 공감의 미학이 발휘되는 글이다. 에세이를 통해 작가가 공감받기를 원한다는 의미이자, 역으로 공감을 발휘할 때 그 글이 점점 더 넓은 가능성을 품은 글로 변모해 간다는 의미이기도 하다. 둘째는 상호작용이다. 글을 공유하고 난 후 강사의 의견을 듣고 수정하는 과정을 반복하면서 감정의 폭이 깊어지고 자신의 글을 보다 진지하게 바라볼 수 있다. 그렇게 감정이 헤집어진 채로, 글에 대한 생각이 깊어진 채로 때로 글을 버려 두라 권하기도 한다. 후에 감정이 고요히 가라앉은 상태로 다시 그 글을 들여다보며 퇴고를 하면 훨씬 도움이 될 거라 믿으며 말이다. 에세이 클럽뿐 아니라 본인이 속해 있는 글쓰기 모임에서, 혹은 온라인 글쓰기 플랫폼을 이용해서도 이런 상호작용을 해 나갈 수 있다. 독자를 만들어 자신의 글을 공유하고 자신 역시 다른 이들의 글에 공감하는 과정에서 글 자체에 대한 감정과 생각의 폭을 넓혀 가는 것.

훌륭한 글을 쓰기 위해 골방에 들어가 쓰고 또 쓰

는 일도 물론 중요하지만 이런 상호작용의 과정 역시 초보 에세이스트에게 유익한 연습이 될 것임에 분명하다. 부디 함께 글을 쓰는 관계의 끈을 잘 활용하기를.

2장

독자를 찾습니다

"자신이 없어서 그만 쓸까 했어요."

"이건 아니다 싶어 연재를 중단해야겠다 했죠."

"내 글을 누가 읽어 줄까요?"

"부끄러워서 공개할 수가 없어요. 수백 편의 글이 모두 비공개로 되어 있어요."

"그럴 때 하나의 댓글에 큰 힘을 얻었어요. 눈물이 핑 돌았지요."

"내 글도 누군가에게 위로를 줄 수 있구나 싶어서 글을 다시 쓸 용기를 얻었어요."

때론 한 줄의 진심 어린 댓글이, 글을 때려치우고 싶게 만드는 부끄러움을 금방이라도 몇 편을 뚝딱 써낼 수 있는 용기로 바꾸어 준다. 글쓰기 플랫폼에는 하루에도 수백 수천 편의 글이 올라온다. 읽어 달라고 저마다 아우성친다. 읽어 달라는 글은 많은데 읽는 사람은 적다. 독자를 찾는 가장 쉬운 방법은 내가 먼저 독자가 되는 것이다. 그러나 탁월하게 잘 쓴 글, 눈에 띄는 내용이나 파격적인 소재의 글이 아닌 이상 '찐' 독자 만들기는 여전히 어려운 일이다. 이것이 글쓰기 플랫폼 속 예비 작가들의 현실이다. 그렇기에 독자는 소중하다. 소중하고 또 소중하다. 스쳐 지나가는 '좋아요'의 홍수 속에서 내 글에 잠시 머물며 공감을 전하는 독자. 그 이상의 시간을 내어 내 글의 장단점(특히 장점)에 감탄하는 독자에게는 엎드려 절이라도 하고 싶다.

"저는 여러분의 VVIP 독자입니다."
"방구석 1열 중앙 좌석에 앉아 여러분의 글을 기

다리고 있는 열혈 관객입니다."

"온몸의 감각을 열고 여러분의 글을 받아들일 준비가 되어 있습니다. 무조건 써서 보내십시오."

내가 에세이 클럽 첫 시간에 수강생들에게 건네는 멘트다. 함께하는 8주 동안 나는 온전히 그들의 독자가 된다. 글을 쓰는 순간 우리에게 가장 필요한 건 선생이 아니라 독자다. 독자로 변신하는 건 나뿐만이 아니다. 앞서 에세이 클럽을 수강한 멤버들을 연결해 앞선 이들은 멘토로, 새로 온 이들은 멘티로 삼는다. 그렇게 수강생들은 블로그 댓글로 소통하는 관계가 된다. 처음에는 1대 1이었지만 기수가 점점 늘어나면서 이젠 2대 1, 3대 1의 멘토링이 가능해졌다. 말이 멘토지 사실 독자다. 멘토들에게는 '진심으로 글을 읽고 댓글을 달아 달라' 부탁한다. 이왕이면 글과 삶의 결이 잘 맞을 것 같은 이들을 연결하는 것이 내 몫이다. 그렇게 연결된 독자는, 그저 스쳐 가는 독자가 아니라 제2, 제3의 '진짜 독자'가 된다.

"이제 저를 포함 독자 여러 명이 여기 이렇게 눈

을 크게 뜨고 여러분의 글을 기다리고 있습니다. 이제부터 여러분의 글은 독자와의 약속입니다. 마감을 지키세요. 좋은 글을 써서 전하겠다는 책임감을 갖고 글을 쓰십시오."

처음으로 뜨내기 독자가 아니라 '진짜 독자'가 생긴 일부 멤버들은 갈팡질팡, 두려움에 떤다. 하지만 한편으론 처음 느끼는 글쓰기의 재미에 푹 빠지기도 한다. 누군가 내 글을 기다려 주고 읽어 준다는 것. 누군가 내 편이 되어 준다는 것이 글쓰기에 주는 영향이란 그만큼 막강하다.

"마치 전장에서 아군이 생긴 것 같아요."

누군가 이런 말을 했다. 내 얘기에 귀를 기울여 주는 독자가 생겼다는 게 마치 광활한 전쟁터에서 든든한 아군이 생긴 듯 느껴진다는 것이다. 특히나 그런 마음이 드는 이유는 우리가 쓰는 글이 '에세이'이기 때문이다. 글쓴이는 나의 내밀한 이야기를 글로 풀어내고 독자는 그 이야기에 귀를 기울이고 고개를 끄덕이며 들어 주는 관계. 도무지 같은 편이 되지 않을 수 없는 감정의 교류가 생긴다.

처음 에세이 클럽을 시작했을 때 나는 '공감'이라는 키워드에 빠져 허덕였다. '글'과 '사람'을 동시에 접하면서 내 안에 파도처럼 강하게 밀려드는 공감의 욕구를 피할 수가 없었다. 피한다고 피해지지도 않았다. 그러다 보니 글을 객관적으로 보기가 어려워졌다. '글쓴이와 마음이 하나로 합쳐지다 보니 객관적으로 글을 평가하기가 어렵다'고 멤버들에게 대놓고 말했다. 내심 미안한 마음이었다. 그러나 그들은 오히려 '공감해 줘서 고맙다', '찐 독자가 되어 줘서 고맙다'는 반응을 보였다. 그때 썼던 글들로 출간까지 한 한 작가는 '숨만 쉬어도 잘했다고 칭찬하며 공감해 주는 임수진 작가가 있어서 한 권 분량의 글을 순식간에 써 내려갈 수 있었다'고 훗날 고백했다. 실제로 나는 그들의 인생사에, 글 속에 담긴 진심에, 행간에 담긴 감정에 폭 빠져 버렸다. '열혈 독자', '방구석 1열 독자', 'VVIP 독자' 한술 더 뜨면 '덕후' 역할에 충실했다. 하지만 아무리 그렇다 해도 명색이 에세이 클럽을 이끌어 가는 강사인데 수강생의 글을 읽고 좋아하며 눈물만 흘리고 있을 수는 없는 노릇이었다.

첫 멤버들을 보내고 정신을 차렸다. 눈물을 거두고, '공감'만 하는 독자가 아닌 날카로운 독자가 되기로 마음을 먹었다. 공감하는 독자임과 동시에 비평가도 되어야 했다. 그리하여 멘토들에게 '나는 비평가가 될 테니 그대들은 독자가 되어 달라' 부탁했다. 처음 글을 쓰는 이들에게 필요한 존재는 어쩌면 비평가가 아닌 '절대 공감하는 아군 독자'이기 때문이다. 독자는 많으면 많을수록 좋다. 내 에세이의 질을 결정할 수 있는 힘을 가진 독자. 적어도 에세이의 시작은 그렇다. 독자와 내가 카타르시스를 주고받을 수 있는 지점. 그곳에서 진하게 만나는 독자가 꼭 필요하다.

이제 막 글을 쓰는 이들에게는 혼자 글을 쓰는 시간도 필요하지만, 글을 공개하여 지지받는 시간도 필요하다. 처음에는 남에게 내 글을 보이는 것에 대해 거의 공포에 가까운 두려움을 느낄 수도 있다. 하지만 잠깐의 두려움을 이겨 내면 반드시 더 넓은 글쓰기의 바다로 나아갈 수 있다. 아군 없이 혼자 적진에 뛰어드는 병사와, 나를 알고 적을 아는 아군과 함께 전장에 나서는 병사를 어떻게 비교할 수 있겠는가. 그 기간을 겪고 나면 어느 정도의 내공이 쌓인다. 내 글에 자신감도 붙고 장단점도 파악할 수 있다. 그때에는 날카로운 지적이나 예리한 비판도 받아들여 내 것으로 만들 수 있는 힘이 생길 것이다.

3장

에세이 수업 그 이후
글쓰기 모임을 지속한다는 것

에세이 클럽을 처음 시작할 때, 정규 수업 석 달 이후에 대해서는 관심이 없었다. 수업이 끝나면 자연스럽게 해체의 수순을 겪을 것이라 생각했다. 하지만 과정이 끝난 후에도 멤버들 스스로가 함께 글을 쓰는 자생적 모임을 이어 나갔다. 그리고 집요하게 글쓰기를 이어 나가는 멤버들에게서 그 열매가 점점 맺히는 것이 보이기 시작했다. 1, 2년이라는 적지 않은 기간 동안 매주 꾸준히 글을 나누면서 글쓰기 실력이 발전하는 것은 물론이고 여러 종류의 글을 자유자재로 오가는 유연성도 생겼다. 하지만 가장 놀라운 것은 '내가 왜 글을 쓰는가'에 대한 근본적이고 치열한 고민 가운데 스스로 답을 찾아가는 모습이었다. 이는 또한 함께하는 이들을 자극해 더 좋은 글을 쓰게 하는 원동력이 되었다. '더 좋은 글을 쓰고자 하는' 욕심과 함께 '왜 글을 쓰는가'에 대한 답을 찾는 과정이 맞물려 간 것이다. 이를 보면서 나는 다시금 '함께 글을 쓴다는 것'의 의미를 되새겼다.

이 중 2년이 넘게 모임을 이끌어 가고 있는 한 분은 여러 개의 모임에서 리더 경험이 있는 베테랑이었다. 처음 자발적으로 모임을 이어 나가기를 원하는 멤버들에게 그는 '아무런 규칙도 없는 모임은 한 달 버티기도 어렵다'며 여러 가지 구속의 장치를 만들 것을 제안했다. 처음에는 커피 한 잔 정도의 벌금 제도로 시작했다. 벌금이 전혀 걷히지 않을 정도로 멤버들이 마감을 잘 지키자 이후부터는 더 다양한 방법들이 도입되었다. 모임에 대한 자발성과 주인의식을 갖기 위해 '분기별로 돌아가며 리

더 맡기', '리더가 다양한 글쓰기 주제를 제시하기' 등이었다. 분기별로 리셋 버튼을 눌러 지속하기 힘든 멤버가 퇴장할 수 있게 했으며(지금껏 아무도 퇴장하지 않았지만), 서로의 글에 '좋아요'와 댓글 남기기 등 최소한의 관심과 반응은 기본이었다. 이렇게 1년 넘게 모임이 지속되는 것을 보며 나는 글쓰기 모임을 이어 가는 데 필요한 요소들에 대해 생각하게 되었다.

- ▶ 구속을 위한 장치들(벌금제, 상품 등).
- ▶ 자발적 주인의식을 갖기 위한 동기 부여(돌아가며 리더 맡기, 리뷰 파트너의 주기적 교체).
- ▶ 최소한의 반응에 대한 의무(좋아요, 댓글, 카톡방에 감상평 남기기 등).
- ▶ 분기별 재시작 제도.

하지만 이러한 장치들에도 불구하고 1년이 지나자 의욕도 시들해지고 모임의 정체성도 약해지기 시작했다. 그때 새롭게 제시된 안건이 바로 '공저 출간’이었다. 이들에게는 에세이 클럽 당시 하나의 주제로 써 놓은 각자의 콘텐츠가 있었다. 그 총알을 사용할 때가 된 것이었다. 각자 약 여섯 편에서 여덟 편의 글을 수정하고 퇴고하여 7인 7색의 공저를 출간하기로 했다. 이미 써 놓은 글이 있음에도 출간의 과정은 6개월 이상 소요되었다. 이들은 ‘출간을 위한 출간’이 아니라 ‘우리 자신과의 약속을 지키기 위한 수단이자 목표’, ‘우리 글의 앨범이자 작품집’이라는 의미로 자가출판을 준비했다. 함께 의논하고 결정하며 좋은 공저를 출간하기 위해 애를 썼다. 그 과정을 지나며 이들의 문학적 기반의 수준이 높아지는 걸 옆에서 지켜볼 수 있었다. 게다가 책이 출간된 후에는 지난 과정을 복기하며 또 한 단계 성장하는 모습을 보는 기쁨도 컸다. 지금 이들은 두 번째 공저를 준비 중이다.

에세이 수업이 끝난 후 자생적으로 1~2년에 걸쳐 모임이 지속되는 팀이 있는가 하면 자연스럽게 해체의 수순을 겪는 팀도 있다. 억지로 모임을 지속시킬 필요는 없다. 각자의 필요와 목적에 따라 지속과 해체를 결정하면 된다. 아무리 좋은 리더와 장치가 있다 하더라도 글쓰기 모임이 몇 년에 걸쳐 지속되는 것은 쉽지 않다. 멤버 하나하나의 의욕과 목표 의식, 함께 글을 쓰는 의미에 대한 인지, 자발성 등이 병행되어야만 가능하다. 사실 요즘에는 이런 모임들이 넘쳐 난다. 글쓰기 모임, 독서 모임, 각종 자기계발 모임 등등 여기저기서 의기투합해 뭔가 함께 해 보자는 모임들로 홍수다. 블로그나 인스타그램만 봐도 '과연 이 온갖 모임들에 사람들이 다 모집될까' 싶다. 내가 주최하거나 몸담고 있는 여러 개의 모임도 그중 하나일 것이다. 말하자면 모임을 찾는 것 자체는 별문제가 아니라는 말이다. 문제는 자신이 선택한 모임을 잘 이용하는 것. 몸담은 모임에서 얻어 낼 수 있는 것들, '함께'의 에너지를 십분 활용하는 것이다. 결국 중요한 건 모임 참여 그 이후이다.

어떤 모임이든 잘 선택하여 궁극적으로 골방 글

쓰기를 향해 가는 탄탄한 발판으로 삼을 수 있어야 한다. 만일 모임이 해체된다 하더라도 이들은 내 글에 대해 언제고 이야기 나눌 수 있는 동료로 남을 것이다. 한 번 글과 마음을 나눈 글벗이 된 이상 그 연대감은 결코 쉽게 사라져 버리지 않을 테니.

흰머리 에세이 클럽

마지막 수업을 하던 날이었다. 상담 교사인 수강생 한 분의 브리핑 시간이었다. 그동안 에세이 클럽을 하면서 느낀 점과 스스로의 과제에 대해 각자 발표하는 것인데, ppt 첫 화면의 제목이 눈길을 끌었다.

흰머리와 현악기

사람들은 '현악기'에서 고개를 갸우뚱했다. 설명을 들어 보니 여기에서 '현악기'란 조율이 되지 않은, 혹은 실력이 여물지 않은 상태로 연주를 할 때의 듣기 싫은 상태를 넘어서야지만 아름다운 음악이 완성되듯이 에세이 또한 그러하다는 의미였다. 그러나 '흰머리'는 굳이 설명을 듣지 않아도 모두의 얼굴에 이미 피식 웃음이 서렸다. 적극 공감하는 분위기였다. 나 역시 두 손 두 발 다 들고 '저요, 저요!' 하고 싶은 심정이었다. 책을 읽고 글을 쓰는 것이야 평생 해 온 것이라 쳐도, 에세이 클럽에 올인한 지 이제 3년차. 하도 다른 이들의 글을 읽고 첨삭하다 보니 눈을 떠도 감아도 남의 글이 보이는 지경이다.

지난달 오랜만에 파마를 하러 미용실에 갔더니 헤어 디자이너 선생님이 말했다.

"갑자기 머리숱이 엄청 줄었어요. 흰머리도 많이 나고… 무슨 스트레스 받는 일 있으세요?"

안 그래도 머리숱이 없어 고민인데 이건 거의 탈모 수준이다. 게다가 푸들 같은 얇은 흰머리들이 우수수. 매번 '에세이 클럽이 즐거워서 한다'라고 하지만 내 머리카락은 나도 모르는 새 스트레스를 견디고 있었던 모양이다. 원래 즐거움과 고통은 함께 오는 것이 아니던가. 에세이 클럽을 하면서 흰머리가 본격적으로 나기 시작했다는 상담 선생님 역시 그동안 전문 분야의 책을 몇 권이나 출간하면서도 못느꼈던 스트레스를 에세이 쓰기에서 느끼는 모양이었다. 모두가 고개를 끄덕이는 가운데 나는 이 에세이 클럽의 이름을 '흰머리 에세이 클럽'으로 바꿔야겠다고 했다. 적어도 '자, 좋은 글을 위해서 나는 나의 풍성한 검은 머리를 흰머리와 바꾸겠다'는 각오가 된 사람은 오라, 이렇게 '흰머리 주의' 경고라도 붙여 놔야겠다고 생각했다. 한 편의 좋은 소설을 쓰기 위해서 영혼이라고 팔겠다고, 그 어떤 소설가가 말하지 않았던가. 그러니 그래, 뭐 머리숱과 검은 머리칼쯤이야 기꺼이 내어놓을 수 있지 않을까. 이렇게 말하면서 나는 지금도 이 에세이를 쓰고 있다. 열심히 타이핑 중인 손과는 별개로 내 마음은 휑한 머리숱과 흰머리를 보면서 눈물이 날 지경이긴 하지만 말이다.

그러면서도 쓰지 않을 수 없는 욕망을 움켜쥐고

그 길을 간다. 그놈의 욕망. 쓰지 않고서는 배길 수 없는 욕망. 나를 표현하고자 하는 욕망 덕분에 오늘도 즐거워하고 괴로워한다. 한 줄이라도 더 좋은 문장을 쓰고 싶은 욕망 때문에 그만큼 또 늙는다. 흰머리와 검은 머리를 기꺼이 바꾼다. 그뿐이겠는가. 나에게 버지니아 울프 같은, 조지 오웰 같은, 박완서 작가 같은 글을 쓸 수 있는 능력이 생긴다면 이보다 더한 것도 내어놓겠다.

하물며 여차하면 염색도 가능한 머리쯤이야. 백 번도 더 내어놓을 테다.